CW01653198

Pulsatilla

DIE BALLADE DER TROCKENPFLAUMEN

Pulsatilla

DIE BALLADE DER TROCKENPFLAUMEN

Roman

Aus dem Italienischen
von Esther Hansen

GRAF

Die Originalausgabe erschien 2006 unter dem Titel
»La Ballata delle Prugne Secche« bei
Castelvecchi Editore in Rom.

Der Graf Verlag München ist ein Unternehmen der
Ullstein Buchverlage GmbH.

ISBN 978-386220-002-3

© 2006 by Alberto Castelvecchi Editore srl, Roma
© der deutschsprachigen Ausgabe:
2011 by Ullstein Buchverlage GmbH
Gesetzt aus der Berkeley
Satz: Uwe Steffen, München
Druck und Bindung: CPI – Ebner & Spiegel, Ulm
Printed in Germany
www.graf-verlag.de

Dieses Buch ist Mamuski und Paper Familias gewidmet, ohne die es nicht existieren würde, genauso wenig wie seine Autorin.
Außerdem widme ich es Davide Caviglia, Davide De Feudis und Antonio Vigilante.
Und dem beschickerten Typen, der mich fragte: »Widmest du mir dein erstes Buch?«, und dem ich, nicht minder beschickert, entgegnete: »Klaro.«

Inhalt

Das Pflaumenkind

Zellulitis ist wie die Mafia

Ich werde erwachsen (auch wenn ich weiß, dass mir das nicht steht)

DAS PFLAUMENKIND

Das Jahr null

Meine Mutter war schwanger. Es war Anfang der Achtziger und Ultraschall noch völlig neu. Der Arzt fuhr ihr mit dem Gerät langsam über die gelbeschmierte Kugel und wies am Monitor auf meinen Pimmel: ein Knabe! Mein Vater rannte zur Telefonzelle, um der Familie die frohe Botschaft zu überbringen. (Er war der Jüngste von sechs Geschwistern, drei davon männlich. Da der erste Bruder ledig war und der zweite zwei Mädchen hatte, verkörperte mein Vater nun die letzte Gelegenheit, den Stammhalter zu produzieren.) Die Nachricht, ich sei ein Junge, löste allgemeinen Jubel aus. Meine Mutter wurde gefeiert wie eine Königin und mit babyblauen Stramplern überschüttet.

Am Tag meiner Geburt kam heraus, dass der Ultraschallpenis nichts anderes gewesen war als die Nabelschnur. Der Name Marco wurde in letzter Minute in Valeria umgewandelt, eine spontane Entscheidung, sozusagen aus dem Bauch heraus. Mein Vater, der noch nichts von meiner kompletten Pimmellosigkeit wusste, saß, mir erwartungsvoll entgegenzitternd, auf einer Bank. Nach zehn Stunden Schufterei erschien endlich die Krankenschwester mit einem Bündel im Arm auf der Türschwelle: »Es ist ein Mädchen!« Mein Vater schüttelte ungerührt den Kopf: »Nein, das ist nicht meins.« »Natürlich ist es Ihres.« »Nein, bestimmt nicht, ich bekomme einen Jungen.« Es war wie mit der heißen Kartoffel: Die Krankenschwester wollte mich partout in seine Arme legen, während er mich hartnäckig zurückgab. Am Ende packte er mich leicht missmutig unter den Armen, und wir wechselten einen ersten hochexplosiven Blick: Nach nur drei Minuten ging mir der Typ schon entschieden auf den Sack. Aber Freud hatte auch noch ein Wörtchen mitzureden, und so zückte ich meine Waffen ödipaler Verführung, indem ich meine Füßchen aus dem Wickeltuch streckte: Der Anblick dieser zwei rosigen, winzigen, perfekten Knubbel verzauberte ihn, und er berührte sie vorsichtig mit den Fingerspitzen. Unser Waffenstillstand währte nur einen Moment, dann blickte er mich trübsinnig an, und ich wusste, ich war ein Mängelexemplar, ein Fehler im System. Ich plärrte los. Wir fuhren nach Hause, alle drei todunglücklich. Auf den ersten Babyfotos ist mein Gesicht stets rot von der Brüllerei, und der himmelblaue Kragen des Stramplers würgt mich.

Meine frühe Kindheit war eine Katastrophe. Fliegende Teller, hysterische Wutausbrüche und Klapse, mein Vater flippte immer mehr aus. Bei meiner Geburt war irgendetwas in seinem Hirn kaputtgegangen, zumindest hatte er seitdem eine Schraube locker. Meine Mutter war zu sehr in den sinnlosen Nahkampf mit ihm verstrickt, als dass sie sich um mich hätte kümmern können, daher legte ich mir als Einzelkind die Marotte zu, mit mir selbst und den Dingen um mich herum zu reden. Ich schuf mir eine Parallelwelt, in die ich mich verkriechen und flüchten konnte, während draußen das Chaos tobte und das Geschrei die Wände wackeln ließ. So ging es weiter, bis ich sieben war, dann beschloss meine Mutter, mit mir zu den Großeltern zu ziehen: Das war am 1. April. Anfangs hielt ich es für einen Aprilscherz. Aber nein, wir blieben fast einen Monat bei den Großeltern. Zweifellos der glücklichste Monat meines Lebens, zumal er mit dem Beginn des Frühling zusammenfiel: Blütenpracht und kurze Ärmel. Als wir wieder nach Hause zurückkehrten, war Papa fort.

In einer Familie von Linken aufzuwachsen bedeutete in Italien damals in der Regel, junge Eltern zu haben. Und junge Eltern zu haben bedeutet wiederum in neunzig Prozent der Fälle, es mit Versagern zu tun zu haben. Wenn die Versager dazu noch geschieden sind, verkompliziert sich die Lage erneut, da man immer nur den einen im Auge behalten kann, während der zweite am anderen Ende der Stadt Unsinn treibt. Wenn dann einer der beiden an einer manisch-depressiven Störung leidet, sich heute für den heiligen Franziskus und morgen für David Copperfield hält, hat er, während du noch im Auto auf dem Weg zu ihm bist, vielleicht schon die gesamte Fischtheke des Supermarkts auseinandergenommen bei dem Versuch einer wundersamen Seezungenvermehrung. Wenn sich dann das andere Elternteil, sagen wir mal, in einen amerikanischen Musiker verliebt (und damit einen dritten geschiedenen Versager ins Boot holt, und zwar einen nicht gerade nüchternen) und dich das unangenehme Gefühl beschleicht, in einer Nachmittagssoap auf RTL 2 mitzuspielen, dann darfst du mit Fug und Recht von dir behaupten, ein Teenager mit Problemen zu sein.

Ihr ganzes Leben lang war meine Mutter überängstlich. Sie sagte: »Es ist schon spät«, bevor sie überhaupt auf die Uhr geschaut hatte; für sie war es an und für sich spät, von vornherein. Ihr Tag bestand aus Arbeitengehen und Haushalt erledigen, und Letzteres bestand darin, unentwegt mit einem Lappen über Fliesen zu wischen, die nie genug glänzen konnten, und eine Myriade von Nippes aufzunehmen und abzustauben, unter anderem ein zweihundert Teile umfassendes Hunderudel aus Keramik. Dienstags wurde die Wohnung auf Hochglanz gebracht, und nie konnte ich Freundinnen mit nach Hause bringen, denn dienstags bis donnerstags war die Wohnung sauber, und freitags bis montags war sie dreckig. Daran war nicht zu rütteln.

Mein Vater, das genaue Gegenteil. In seiner Wohnung war der Boden nicht nur versifft, sondern auch geborsten: die Fliesen gesprungen und von einer speckigen, sepiafarbenen Dreckschicht überzogen. Das Schlafzimmer war völlig unbewohnbar. Wollte man sich auf das Sofa im Wohnzimmer setzen, wirbelte eine Giftwolke aus prähistorischem Staub auf. Das Klo war ein Insiderzitat aus *Trainspotting*. Am Spülbecken in der Küche lag das gesammelte Zahnputzzeug, und auf dem Küchentisch (einem niedrigen Plastikteil, stolzer Überrest irgendeines Picknicks aus den Siebzigern) erzählten die Ablagerungen verkrusteten Bohnenschmands die Geschichte Hunderter Konservendosen. Ein wirklich befremdliches Detail war die Sammlung von Christusfiguren an den Wänden, darunter auch ein total absurder Jesus, der ein lebensechtes Herz in der Hand hielt, das mich vage an *Indiana Jones und der Tempel des Todes* erinnerte. Sehr hübsch hingegen war eines dieser kleinen Drahtgeflechte, die immer um Sektkorken gespannt sind. Mein Vater hatte es unter Einsatz seines gesamten Heimwerkertalents mit vier Nägelchen neben der Wohnungstür befestigt und nutzte es, um seinen Regenschirm daran aufzuhängen.

In der Kindheit war meine Beziehung zu meiner Mutter katastrophal. Ich gehörte zu der Sorte Kind, das seine Hausaufgaben nicht machen will, das mit Händen und Füßen um sich schlägt, mit Schimpfwörtern um sich wirft, aus dem fahrenden Auto springt oder durchs Fenster einsteigt. Sie wiederum konnte einem richtig auf den Geist gehen, und zwar im wahrsten Sinne des Wortes: In unserer Wohnung gibt es heute noch eine Sammlung von Pfannen, die auf meinem Schädel zerdellt wurden. Sie schlug mir auch auf die Beine: mit Gürteln, hölzernen Kochlöffeln, Teppichklopfern. Nachdem sie einige Dutzend Teppichklopfer aus Weidengeflecht geschrottet hatte, rüstete sie sich mit einem Kunststoffklopfer aus, der besser abfederte und einen schönen Peitschenton von sich gab: *fschhh, fschhh, fschhh*. Am lustigsten waren jedoch die Verfolgungsjagden um ihren Schreibtisch herum, die manchmal Stunden dauerten und in deren Verlauf regelmäßig alle möglichen Gegenstände durch die Luft flogen (denen ich ebenso regelmäßig auswich). Da sie Altphilologin war, hatte sie eine große Zahl an Nachschlagewerken für Latein, Altgriechisch, Italienisch, für Synonyme und Antonyme, die sie auf mich abfeuerte. Als ihr die Wörterbuchmunition ausging, griff sie zu Lexika des Mittelalters, Sekundärliteratur, Tassos *Befreitem Jerusalem* und Ariostos *Rasendem Roland*, um schließlich mit Aschenbechern, Briefbeschwerern und kristallenen Bonbondosen zu enden.

Im Laufe meiner Pubertät beruhigte sich unsere Beziehung, um dann sanft ins Groteske abzudriften. Irgendwann merkte sie, dass wir ein Kommunikationsproblem hatten, und versuchte unbeholfen, so zu reden, wie es ihrer Meinung nach unter Jugendlichen in war. Mit Grauen erinnere ich mich daran, wie sie fragte, ob ich etwas zu kiffen dahätte. Am Küchentisch bauten wir einen Joint und rauchten ihn nach dem Abendessen, wobei sie husten musste, bis sie blau anlief. Als ich in meinem Zimmer ein Poster von Brad Pitt aufhängte, rief sie aus: »Mann, ist der cool!« Ich erdolchte sie mit meinen Blicken. »Sagt man nicht so, cool?«, stammelte sie. »Wie sagt man denn? Taff? Kernig? Krass?« Taff. Ihr Problem war, dass sie glaubte, man würde taff sagen.

Meine Eltern setzten alles daran, mir eine vorurteilsfreie Erziehung zukommen zu lassen, aufgeschlossen gegenüber allem Neuen, zum Beispiel dem Sex. So stand Papa eines Tages mit einem Präser in der Hand in meinem Zimmer. Ich war zwölf Jahre alt. Mäuslein, das ist ein Präservativ. Er riss es mit den Zähnen auf und zog es betont lässig heraus: »Siehst du?«, sagte er, während er es abrollte. »Genau wie die Luftballons, die im Park verkauft werden, nur nicht aufgeblasen. Den stülpt man auf den Pillermann«, dabei hielt er es sich vor die Hose, zum Glück, ohne sein Ding herauszuholen, »und benutzt es beim Geschlechtsverkehr.« Natürlich war er es auch, der mir erklärte, woher die kleinen Kinder kommen (genauso unverlangt, ich war erst vier und hatte mir die Frage nach meinem Ursprung noch nicht wirklich gestellt): Ich saß gerade friedlich am Frühstückstisch, als er sich zu mir setzte und anhand von Tasse und Löffel den Vorgang der Penetration beschrieb.

Auch meine Mutter hatte eine ganze Reihe typisch linker Fixierungen. Eine davon war das Ferienlager (jeden Sommer wurde ich in irgendein obskures Bergdorf geschickt, um dort österreichisch-ungarisches Volksgut zu singen), die sich mit der Zeit in Richtung Pfadfindertum verschob, zu dem ich dann vier endlose Jahre verdammt wurde (ich passe in ein Pfadfinderlager ungefähr so gut wie Charles Manson auf den Wiener Opernball). Eine weitere fixe Idee von ihr war ihre konsumkritische Haltung: kein Fleisch (die armen kleinen Tierchen), keinen Fisch (die armen kleinen Fischlein), keinen Mozzarella (die lieben armen Büffel) und so weiter. Wenn ich nach einem Stück Fleisch verlangte, nahm sie es aus der Packung, als handele es sich um Katzenkacke in Katzenstreu, briet es mit abgewandtem Blick und servierte es mir mit entsprechend blütenreinem Gewissen auf einem Teller. Ihre konsumkritische Haltung wurde nach und nach zu einer Art Nonkonformismus und dann zum offenen Boykott: Irgendwann durfte man bei uns zu Hause nicht einmal mehr fernsehen, vor allem keine Berlusconi-Sender. Alle normalen Kinder kannten die *Simpsons*, *Beautiful* und die jeweils angesagte Daily Sitcom der Privatkanäle. Ich nicht, weswegen ich nie mitreden konnte. Als ich von zu Hause auszog, mit neunzehn, vergaß ich wegen meiner zwangsunterdrückten Fernsehsucht glatt, mir einen Fernseher anzuschaffen. Eine ganze Weile lang bescherte mir dieser entfremdete Zustand eine Art Sinnesfrieden, der mir erlaubte, mich mit niemandem auseinandersetzen zu müssen: außer vielleicht mit Mahatma Gandhi.

Jetzt bin ich erwachsen und autonom, und immer noch besitze ich keinen Fernseher und kein Radio. Eine Zeitung kaufe ich mir so ungefähr einmal in eineinhalb Monaten. Einen DVD-Player besaß ich nie. Ich habe mir noch nie ein MP3 heruntergeladen und schon gar kein DivX (von dem ich im Übrigen nicht einmal genau weiß, was es ist). Ich habe keine einzige Folge von *Big Brother* gesehen.

Meine Altersgenossen kommunizieren in einer eigentümlichen Bantusprache miteinander, versetzt mit Fernsehsprüchen und Medienikonografie, sie ärgern sich beim Schauen der Nachrichten und werfen mit Worthülsen um sich. Mein Geist hingegen ist ungestört von Bombenattentaten, Regierungskrisen und ähnlichen Belanglosigkeiten und galoppiert frei und glücklich. Ich bin mittlerweile zu dem Schluss gekommen, dass ein erfülltes Leben auch dann möglich ist, wenn man nicht weiß, wer Bombolo ist* und welche Missetaten Silvio gerade wieder verbrochen hat**. Allerdings muss man eine ganze Reihe von Ersatztricks auf Lager haben, sonst wird man schräg angesehen beziehungsweise aus den angesagten Kreisen ausgeschlossen und behandelt, als hätte man die Krätze.

Die Regeln sind folgende: So tun, als wüsste man, wer Briatore ist. Ein zerknirschtes Gesicht machen, wenn von dem konvertierten Altlinken Sofri die Rede ist***. Dann muss man lernen, anhand der Gespräche die verschiedenen Reality-Shows auseinanderzuhalten: Ist die Rede von Daniel, Dennis oder Danila, ist es die *Superstar-Show*. Wenn Selène, Mariélle oder Mago Milud erwähnt wird, ist es das *Dschungel-Camp*. Wenn Natascia, Mascia oder Fedro auftaucht, wird über *Big Brother* geredet. Wichtig auch: sich immer die Taschen abtasten und so tun, als hätte man seinen iPod versehentlich im Wagen liegen lassen. Wenn du

---

* Vergleichbar mit dem Verlust, Didi Hallervorden nicht zu kennen.

** Worüber man ohnehin anderswo meist besser informiert ist als in Italien.

*** Vergleichbar mit dem Gesichtsausdruck, den deutsche Politiker heute bei der Erwähnung Sarrazins aufsetzen.

gefragt wirst, ob du das neueste Video von XY gesehen hast, antwortest du im Brustton der Überzeugung: »Klar!« und flüsterst dann kopfschüttelnd: »Genial!« Meinungen über Politiker hast du dir schnell gebastelt: Sie sind eh nur Karikaturen von Panini-Bildchen, total vorhersehbar und zweidimensional (der Arschkriecher X, die Streberin Y, der Aufsteiger Z usw.), im Grunde reicht es, die vier Grundsticker zu kennen, die du in jeder Unterhaltung aufpappen und ablösen kannst. Im Kino, wenn alle über eine Werbung lachen, deren Pointe sie bereits kennen, musst du dich leicht in deinem Sessel winden und dein leises »Hahaha« beisteuern, als wüsstest du ganz genau, worauf es hinausläuft.

Auf diese Art durchzukommen erfordert großes Anpassungsvermögen, aber es geht. Wenn du richtig gut bist, kannst du am Ende sogar eineinhalb Jahre ungekündigt in einer Werbeagentur arbeiten, ohne den geringsten Verdacht zu erregen, so wie ich. Wir kommen später darauf zurück, bleiben Sie dran.

Miss Make-up

Es gibt zwei Typen von Mädchen. Die einen spielen Puppenmutter, die anderen feine Dame. Ich gehörte zum zweiten Typ.

In meiner Kindheit waren Puppen mit menschlichen, um nicht zu sagen allzu menschlichen Körperfunktionen modern, aus welchem Grund auch immer. Es gab Kleckerlieschen, die sabberte. Es gab Nein-mein-Breilein-ess-ichnicht, die kotzte. Es gab Lulu-Irgendwas, die machte Kacka und Pipi in die Windel. Echt wahr! Kacka und Pipi. Es waren die Achtzigerjahre, die Ära der Stoffpuppen ging zu Ende, und die Ära der Nerv-töt-Puppen zog herauf. Es war nicht mehr weit zu den Tamagotchis, mit denen sich der Kreis schloss, was später nur noch vom Fernsehen und seinen Reality-Shows getoppt wurde – mit den Händen in der Scheiße anderer Leute wühlen, die Leidenschaft für alles Ordinäre – geil!

Aber wir kommen vom Thema ab.

Eine meiner Lieblingsbeschäftigungen war es, Baby Mia mit dem Gesicht aufs Bett zu drücken und sie in dieser Position ihrem Schicksal zu überlassen. Wenn Baby Mias Gesicht irgendwo gegengedrückt wurde, sagte sie: »Dreh mich um!« So ging es dann den ganzen Tag – »Dreh mich um! Dreh mich um! Dreh mich um! Dreh mich um!« –, zum großen Missvergnügen meiner Mutter, die mir ernste Blicke zuwarf, wie man sie sonst mutmaßlichen Kinderschändern vorbehält.

Was ich auch gerne tat, war, Pummeli schlagen. Mein Gott, war diese Puppe fett. Fett und hässlich. Mit einem runden Ohrfeigengesicht. Allein der Gedanke an sie macht mich fertig. Ich hatte sie Alice umgetauft. Und ich ohrfeigte sie. Alice? *Waamm!* Alice? *Waamm-wamm!* Dann legte ich sie wie einen Fußball in die Mitte des Spielfelds und bearbeitete sie mit Tritten.

Ganz besonders in war auch Miss Make-up, eine Puppe, die geschminkt war wie eine Hafennutte und die sich (zumindest laut Gebrauchsanweisung) abschminken ließ. In Wirklichkeit blieb sie ihr Leben lang geschminkt wie eine Hafennutte, nicht einmal Waschbenzin konnte etwas gegen die Schminke ausrichten. Ein blasser Abklatsch von Miss Make-up war Miss Dress-up, die wie eine Hure angezogen war und die sich … tja, wie eine Hure ausziehen ließ. Und dann höre ich immer Klagen über die Verkommenheit meiner Generation. Dabei könnt ihr angesichts solchen Spielzeugs dem Herrgott danken, dass ich nicht meinen Arsch auf der Straße verkaufe.

Ich war nie ein ausgesprochener Puppenfan. Die feuchten Augen, der alberne Wimpernschlag, die gespitzten Lippen, also nee, ich hatte immer das Gefühl, von einer Bande Schwachsinniger umgeben zu sein. Dabei gab es sehr wohl Menschen, denen es ganz offensichtlich Freude bereitete, wenn Lulu Kackapups mal wieder die Windel voll hatte. Keine Ahnung, vielleicht war mein Familiensinn nicht besonders ausgeprägt, aber es bereitete mir nie ein spezielles Vergnügen, Puppenmama und Hausfrau zu spielen. Das erste Spielzeug, das wirklich mein Interesse weckte, war Träumerle. Träumerle war ein süßer, unschuldiger Plüschhund, den man nachts an sich drücken konnte und der seine leuchtend blauen Augen aufriss. Zumindest laut Werbeprospekt. Meine Eltern wollten nichts davon wissen, mir eine Katze zu kaufen, also war Träumerle der perfekte Kompromiss. Zu Weihnachten. Nicht vergessen, Papa. Träumerle.

Am Abend des Vierundzwanzigsten kam mein Vater nach Hause und sagte untröstlich, er habe mein Geschenk nicht auftreiben können:

»Tut mir leid. Weinerle gibt's nicht.«

WEINERLE? Geht's noch?

Ich weiß nicht, welche fehlgeschalteten Synapsen meinen Vater dazu bewegt hatten, aus Träumerle Weinerle zu machen. Natürlich kannten die Spielwarenverkäufer Weinerle nicht, also Essig.

»Stattdessen habe ich dir die hier mitgebracht.«

Twinkles. Mann, wie ich sie hasste. Ein billiges Flittchen mit rosa Plastikschleife im Haar, die blinken konnte. Der Gipfel der Geschmacklosigkeit.

»Danke, Papa.«

Da mir Träumerle immer noch wie ein Kropf im Hals steckte, nervte ich meine Eltern am darauffolgenden Weihnachten mit My Magic Nursery, die ich unbedingt haben wollte, einfach um des Habens willen. My Magic Nursery gehörte genau zu der Spezies Puppe, mit denen du die Traumata der Alltagsbanalitäten noch einmal durchleben kannst. Aber bei ihr war es nicht etwa, dass sie heulte, pinkelte, sprach oder sonst was tat. Nein. Diese Puppe wurde geboren. Ja, richtig, genau wie echte Babys. Frage:

Was macht meine Magic Nursery? Antwort: *Sie wird geboren*. Sie kostete siebzigtausend Lire, damals eine völlig absurde Summe, selbst eine künstliche Befruchtung wäre billiger gewesen.

My Magic Nursery funktionierte folgendermaßen: Du kaufst sie. In der Verpackung liegt ein Püppchen mit einer Haube auf dem Kopf. Du gehst nach Hause und nimmst ihm/ihr die Haube ab, und – kurzer Trommelwirbel – wenn sie lange Haare hat, ist es ein Mädchen, mit kurzen ein Junge. Totaler Nervenkitzel! Aber sie kann noch mehr. Nachdem du die Haube ausgezogen hast, musst du das Baby in eine Wanne legen. Die Windel geht auf, und aus den bläulich-trüben Fluten taucht eine in schützendes Plastik geschweißte Geburtsurkunde auf, die in allen lebenden Sprachen verkündet: »Es ist ein Mädchen!« respektive »Es ist ein Junge!« Außerdem liegt noch ein Namensbüchlein in der Verpackung, sodass das Neugeborene auch getauft werden kann.

Abartig, ich weiß. Aber diese ganze perverse Prozedur faszinierte mich irgendwie.

Natürlich wünschte sich kein klar denkendes Mädchen, dass ein Junge in der Packung steckte. Ich hielt also den Atem an, bis ich die Urkunde aus dem Wasser zog, die bewies, ja, puuh, es war ein Mädchen (das Lupfen der Haube hatte ich mir, Füchsin, die ich war, für später aufgehoben). Nicht umsonst waren wesentlich mehr My-Magic-Nursery-Mädchen als My-Magic-Nursery-Jungen auf den Markt geworfen worden.

Ich erinnere mich noch an eine Unglücksräbin, die einen Jungen bekommen hatte und zum Gespött des ganzen Viertels wurde.

Was My Magic Nursery noch spezieller machte, war dieses wärmeempfindliche Sternchen auf ihrer Wange, das sich in ein Herz verwandelte, sobald man es küsste. Ich muss sie wohl ein paarmal zu oft geküsst haben, denn meine Elizabeth hatte an ihrem Lebensabend einen unförmigen Fleck auf der Wange, der weder Stern noch Herz war. Es gelang mir, ihn den anderen Puppenmamas als Impfnarbe zu verkaufen.

Den größten Vogel schossen wir jedoch am Weihnachtsfest des Jahres '85 ab. Meine Tante, ein rundes, liebes und nicht besonders helles Tantchen, fragte mich, was ich mir zu Weihnachten wünschte. Ich weiß noch, dass sie extra anrief dafür. Mit meiner gewohnt gelangweilten Stimme erwiderte ich: »Ein Küken, das mit dem Schnabel dreimal gegen das rosa Plastikherz pocht, in dem es sitzt, dann geht das Herz auf, und das Küken kommt heraus.« Meine Tante wurde verrückt. Sie wurde buchstäblich verrückt über dem Versuch, dieses Geschenk für mich aufzutreiben. Am Weihnachtsabend kam sie bei uns mit tiefen Augenringen an, sichtlich abgemagert und mitgenommen, und sagte mir, sie habe *überall* nach dem Küken gesucht, habe es aber nicht auftreiben können. Selbstverständlich wäre es unhöflich gewesen, ihr zu sagen, dass das nicht ernst gemeint war, also nahm ich großmütig irgend so ein Ballspiel eines Billigspielzeugherstellers entgegen. Einen Dreck.

Diese Angewohnheit, meiner Umgebung auf den Nerv zu gehen, erlitt einen herben Dämpfer, als die jüngere Schwester meiner Mutter in eine andere Stadt zum Arbeiten ging, keine Ahnung, in welche. Sie rief mich von dort aus an, um zu fragen, was sie mir mitbringen solle. Zu jener Zeit gab es noch keinen Schutzfilter zwischen meinem Hirn und meinem rosengleichen kleinen Mund. Ich sagte den ersten Quatsch, der mir in den Sinn kam: »Ein Negermädchen.«

Les jeux sont faits, schon war's passiert: Meine Tante tauchte mit einer eineinhalb Meter großen Plastikpuppe auf, schwarz, in ganz schlimmer Kleidung, mit Flicken übersät, frisch von wer weiß welchem Baumwollfeld, mit einem unglückseligen Babybündel im Arm. Schrecklich. In ihrem Rücken steckte ein Schlüssel mit einer Kordel dran, und wenn man ihn drehte, hoben herzzerreißende Gospelgesänge an. Meine Tante hatte meine abgedrehtesten Erwartungen übertroffen, ich konnte nur den Hut ziehen. Das war die einzige Puppe, die ich wohlweislich nicht zerstörte, und bis heute liegt sie in ihrem Karton unter meinem Bett, mit Ray Charles' jüngerem Bruder auf dem Arm.

Von meinem Zynismus einigermaßen verunsichert, meldete mich meine Mutter, als ich sechs war, im »Klub der Puppenmamas« an. Nun kam jeden Monat ein Briefumschlag von den Puppenmamas, in dem Puppenmama-Aufkleber und Puppenmama-Anstecker drin waren, auf denen Puppenmamas meines Alters abgebildet waren, die sich um ihre Puppenbabys kümmerten. Auf dem Logo sah man ein kleines Mädchen, das einen Kinderwagen vor sich her schob: Da wurde mir klar, dass ich mir zum frühestmöglichen Zeitpunkt eine Spirale würde einsetzen lassen.

Ich spielte nicht gerne mit Puppen. Ich wollte mich nicht als Mama fühlen, sondern als emanzipierte Feministin. Als ich dann die Puppenphase hinter mir ließ, das war ungefähr mit zehn, widmete ich mich ganz und gar den zwei schönsten Hobbys erwachsener Frauen: dem Kochen und der Selbstbefriedigung. Meine Eltern wussten natürlich nur von ersterem Zeitvertreib, und sie hatten mein Zimmer mit einer fast lebensechten Küche ausgestattet. Klein, wie ich war, passte ich ohne Probleme mitsamt dem Plastikhuhn in den Ofen.

Auf die Selbstbefriedigung hingegen war ich nicht allein gekommen. Meine Initiation hatte eine meiner Freundinnen in die Hand genommen, mit der ich häufig spielte und die diese perverse Angewohnheit »Verlobte spielen« nannte. Das Spiel hatte etwas von einem Softpornoplot: Wir spielten, dass wir durch ein Museum gingen (der Flur ihrer Wohnung) und zufällig auf zwei Mitglieder einer Boygroup stießen. Die Begegnung mündete dann in einem Drink bei ihnen zu Hause (ihrem Zimmer), mit einem Epilog … na, ihr seid wohl alt genug, um es euch selbst vorzustellen. Ein anderes beliebtes Setting war der Zug: Wir reihten alle Küchenstühle hintereinander im Flur auf. Ihre Mutter, deren Wohnung regelmäßig komplett auf den Kopf gestellt wurde, meckerte: »Könnt ihr mir mal erklären, was so lustig daran ist, Zug zu spielen?« Die unwissende Signora konnte ja nicht ahnen, dass ich mich von ihrer Tochter nach ein wenig gepflegter Konversation auf der Toilette des IC-Bordrestaurants rappzapp vernaschen lassen würde. Die zufälligerweise ihre eigene Toilette war.

Das Groteske daran war, dass wir sogar Kinder gebaren. Kurz bevor sie ihren Höhepunkt erreichte, packte meine Freundin eine x-beliebige Puppe und zog sie sich unter dem Rock hervor. Ich fand das peinlich. Ich hätte ihr mal lieber raten sollen, die Pille zu nehmen.

Manchmal spielte auch ihre Schwester mit und erfand dabei das, was sich im Fachjargon Orgie nennt. Sie war ein paar Jahre älter, hatte wenig Zeit, ging mit ihren Freunden aus und war nicht für komplexe Handlungsstränge zu haben. Wenn sie dabei war, gab es daher immer nur die reduzierte Version der Geschichte: Kaum begonnen, lagen wir bereits auf dem Bett und endeten wenige Minuten später mit der Fummelei. Die Paare wechselten, ich mit ihr, ich mit der anderen Schwester, die beiden zusammen. Was ich niemandem gestand, war, dass ich dabei nie das kleinste bisschen Orgasmus hatte: Wie ich fünfzehn Jahre später herausfand, bin ich nicht klitoral veranlagt, und diese Rumrubbelei tat mir mehr weh als sonst was.

Vor ein paar Tagen war ich wieder im Park joggen, das erste Mal seit Monaten: Im Frühling bekomme ich immer Lust, viele Dinge zu machen. Außer abwaschen. Aber ausgehen, Liebe machen, reisen und herumstromern, das ja.

Auf dem Heimweg kam ich an einem Spielplatz vorbei, wo Kinder fröhlich schaukelten, und da hatte ich plötzlich einen Kindheits-Flashback. Ich schlüpfte zwischen den Büschen hindurch, warf meine große Tasche ab und hüpfte unter den erstaunten Blicken der versammelten Mütter (alle in meinem Alter) hinüber, um mir meine Scheibe Glück im Flug abzuholen, derweil ich verlegen nach rechts und links »Hallo« und »Guten Tag« sagte. Das Gerüst knarzte bedenklich unter meinem Gewicht. Ich lächelte zerknirscht in die Runde. Zuerst schaukelte ich nur ganz schüchtern, um mich dann, als ich merkte, dass die Konstruktion mich einigermaßen aushielt, ganz dem Rhythmus von *Ring Of Fire* hinzugeben – in der Version von Social Distortion (yeah) –, die ich über Kopfhörer hörte, bis meine Füße den Himmel berührten. Vor, zurück, vor, zurück, Diastolen und Systolen im Rhythmus von Herz und Leben.

Dabei fiel mir wieder ein, was meine eigentliche Leidenschaft als Kind gewesen war: das Schaukeln. Ich liebte es so sehr, dass ich meine Eltern nötigte, mir eine Schaukel ins Zimmer zu hängen. Sie bestand aus einem Holzbrett mit zwei Seilen daran. Sie war mit Dübeln und Haken in der Decke befestigt und schwang über die ganze Breite des Zimmers bis zu vier Meter weit. Die Schaukel war mein Rückzugsort, wo ich meinen Gedanken nachhängen konnte. Jeden Nachmittag nach dem Mittagessen gönnte ich mir ein Stündchen Schaukeln. Meine liebste Hintergrundmusik beim Schaukeln war ein Album von Zucchero, weil es sowohl Popsongs und fetzige Gitarrenriffs als auch supersanfte Balladen hat und so die gesamte Bandbreite meiner möglichen Gemütszustände abdeckte (so, mein lieber Zucchero, jetzt schieb die Kohle rüber).

Die Möglichkeit, dass die Haken nachgeben und ich mit vierzig Stundenkilometern durch das Fenster krachen würde, war durchaus real. Ich klammerte mich fest an die Seile, drehte mich in Schrauben ein, enthedderte mich in schwindelerregenden Pirouetten, schaukelte schräg und kreuz und quer, zweihändig, einhändig, freihändig, kurz: Ich versuchte alles, um zu sterben. Tat ich aber nicht.

Periode

Auf meine Periode könnte ich gut und gerne verzichten. Stellt euch vor: Dieses große Genie von Gott hat an alles gedacht, wirklich an alles, und dann soll ihm kein Kniff eingefallen sein, die Eizelle fallen zu lassen, ohne dass man sich jeden Monat Watte und Blut antun muss. Das kann ich nicht glauben. Er hat das Gaumenzäpfchen ersonnen, um die Stimme zu modulieren, er hat mit dem Meißel den perfekten Backenzahn geschaffen, er hat sogar eine bequeme Rutsche oberhalb der Lippe konstruiert, als Rotzabfluss, und ihm soll nicht in den Sinn gekommen sein, dass alle achtundzwanzig Tage ein Liter Blut im Slip irgendwie unangenehm sein könnte? Nein, nennen wir die Dinge ruhig beim Namen: Die Menstruation ist eine Strafe des Herrn und soll uns in regelmäßigen Abständen (wenn's denn wenigstens so wäre) daran erinnern, dass Leben Schmerz bedeutet.

Als ich zum ersten Mal meine Tage bekam, schenkte man mir einen Kuchen. Unsere Putzfrau legte für eine Stunde den Feudel nieder, um einen wunderbaren Kranzkuchen zusammenzurühren, den Menstruationskuchen. In Süditalien tut man im Grunde nichts anderes, als auf einen Vorwand zu warten, um in der Küche zu verschwinden und zu kochen und zu backen (meine Wohnungsnachbarn buken sogar am Tag des heiligen Karls einen Namenstagskuchen – für ihren Dackel Charlie). Ich freute mich riesig: Endlich war ich eine Frau! Damit eröffnete sich mir auch der Zugang zu einer Reihe von Dingen, die bis dahin verboten gewesen waren: Binden, Tampons, Slipeinlagen, und ein bisschen später dann BHs, Bikinis, Rasierer, eben alles. Wenn wir uns in der Schule aufstellen mussten, um in die Turnhalle zu gehen, erhob ich mich und deklamierte voll Stolz: Ich kann nicht, ich bin unpässlich. Habt ihr es alle gehört? Un-päss-lich. Es passt mir nicht, ich bin nicht *available*, ich bin *off*, ich bin eine Frau auf der Höhe der Zeit und habe gerade meine Tage. Wenn ich zur Toilette ging, um die Binde zu wechseln, hantierte ich so auffällig unauffällig mit der verpackten Ersatzbinde, dass die ganze Klasse es sehen musste, dann ging ich hüftschwingend und mit dick gepolsterter Gesäßtasche zur Tür. Ich fühlte mich wie ein Superstar.

Das Superstargefühl schwächte sich von Monat zu Monat ab, bis ich in der Neunten schließlich begriff, dass die kleinen Jungs aus meiner Klasse längst wussten, worum es sich bei dem geheimnisvollen Päckchen handelte. Als ich dann mitbekam, dass eine Olympia-Sportlerin den Weltmeistertitel errang, obwohl sie gerade ihre Periode hatte, und damit der Mythos der *Unpässlichkeit* bröckelte, hatte ich nach dem Einlegen der etwa zweihundertfünfzigsten Binde allmählich die Faxen dicke. In vier Jahren Regelblutung hatte ich genügend Abende erlebt, wo ich mit Freunden in der Kneipe beim Essen saß und spürte, wie sich unter mir auf dem Stuhl langsam der Schwanensee ausbreitete. Oder ich war mit Freunden am Meer, und alle springen ins Wasser, während ich selbst mit Turban und Sonnenbrille wie Omar Sharif unter dem Sonnenschirm sitzt und jedem ignoranten Deppen ein freundliches Lächeln schenke, der sich erkundigt, warum ich denn nicht ins Wasser gehe. Im sechsten Jahr der Periode beginnt offiziell der Countdown zur Menopause, und du fängst an, dir ernsthaft Gedanken zu machen, ob ein Knoten in den Eileitern nicht doch besser wäre. Aber all das ist gar nichts, solange du noch keine Regel*schmerzen* hattest.

Bis ich zwanzig war, hatte ich keinerlei Vorstellung davon, was Regelschmerzen sind. Ich kannte Mädchen, die sich einmal im Monat im Bett krümmten, unfähig waren, aufzustehen oder gar zu reden, aber ich hatte das immer für übertriebenes Getue gehalten. Dann saß ich eines Tages auf dem Mofa und geriet ins Schleudern. Es fühlte sich an, als wäre mein Unterleib unter eine Planierraupe oder in einen Fleischwolf geraten, ich schwitzte kalten Schweiß, und der einzige Grund, warum ich nicht umkippte, war der, dass mein Leib zwischen zwei Impulsen hin und her gerissen war: dem, in Ohnmacht zu fallen, und dem, zu kotzen. Ganz grün im Gesicht kam ich nach Hause. Meine Mutter überreichte mir eine orangefarbene drei Zentimeter lange Pille, die ich schlucken sollte, ein hochpotentes Schmerzmittel. Ich büßte die Hälfte meiner Sinneswahrnehmungen ein: Es ging mir prächtig, ich dankte der Welt und brach schwachsinnig lächelnd auf dem Sofa zusammen.

Eineinhalb Jahre später und von meiner orangefarbenen Monatspille inzwischen derart abhängig, dass ich meine gesamte Familie ausgelöscht hätte, um sie mir zu beschaffen, wechselte ich zum nächstschwierigeren Szenarium: Aus den einfachen Regelschmerzen wurden Regelschmerzen *mit Durchfall*. Der wissenschaftliche Zusammenhang zwischen dem Blut in der einen Öffnung und dem Kacka in der anderen liegt noch im Dunkeln: Was einfach passiert, ist, dass die beiden Dämme gleichzeitig brechen, weswegen du immer, wenn du auf dem Pott hockst, an zwei Fronten zugleich kämpfst. Während der Periode bin ich mittlerweile ein menschlicher Stumpf, bedröhnt, blutbesudelt, Hyänengrinsen im Gesicht, und nebenbei noch inkontinent. Schön ist anders.

Die Technik im Dienste der menstruierenden Bevölkerung ist demgegenüber einfach lächerlich. Gerade neulich noch habe ich die Hose runtergelassen, mich aufs Klo gesetzt und zu spät gemerkt, dass die Binde nicht mehr am Slip klebte, sondern an den Härchen meiner Katze, weshalb sie in die Kloschüssel fiel und ich draufpinkelte und es genau das Geräusch von Pipi auf Watte auf Plastik auf atmungsaktiven Mikrozellen war, das bei mir den Alarm auslöste. Wie kann es sein, dass wir die Atomenergie erfunden haben und nicht in der Lage sind, anständige Klebestreifen auf ein Stück Watte zu pappen? Die Binden verknautschen, verrutschen, verdrehen sich, andererseits kleben ihre Flügel dann so fest aufeinander, dass du eine Schere brauchst, um sie wieder loszubekommen, denn wenn du zu fest an der Binde zerrst, läufst du Gefahr, dass sich ein menstruationsblutgetränkter Mikrozellenschauer über dich ergießt. Und der Umstand, dass man einen Tampon oftmals nur einführen kann, indem man seinen Finger in gesamter Länge in der Pussi versenkt, scheint mir doch einem Steinzeit-Science-Fiction entsprungen.

Auch das Kapitel »Sex und Menstruation« birgt zahlreiche spannende Wendungen. Mit der vornehmen Umschreibung »Wurst mit Ketchup« wird auf die Penetration während der Periode angespielt, eine Praxis, die die ersten zwei Male Spaß macht und dann nicht mehr, unter anderem weil du so schon zwei Drittel deiner Aussteuer in die Tonne gehauen hast. Bleiben der Oralsex (Aktivseite ist klar) und der Handbetrieb (ebenfalls einseitig). Mit anderen Worten: Nicht nur, dass du deine Tage hast, du musst dich auch noch ganz in den Vasallendienst deines Partners stellen. Als einzige Gegenleistung werden ab und zu mal deine Titten betatscht, die im Übrigen höllisch schmerzen. Gottes Misogynie scheint mir hiermit hinreichend erwiesen.

Die Dinge könnten also kaum schlechter laufen für dich, es sei denn, du hast einen unregelmäßigen Zyklus, so wie ich. Mein Zyklus schwankt irgendwo zwischen zweiundzwanzig und fünfunddreißig Tagen, und er dauert zwischen vier und vierzehn Tagen. Das bedeutet, in manchen Monaten habe ich drei Wochen lang meine Tage, und in anderen mache ich fünfzehn Schwangerschaftstests. Natürlich leide ich zwischen den Tagen, wie es sich gehört, unter dem prämenstruellen Syndrom, das mich in Tränen ausbrechen lässt, selbst wenn ich *Batmans Rückkehr* sehe. Mein jeweiliger Freund ist von der Teilnahme am lustigen Stimmungskarussell selbstverständlich freigestellt, denn hätte der Schöpfer ihm ebenfalls ein wenig Umstände machen wollen, hätte er auch ihm einen Zyklus geschenkt.

Im Gegenzug haben wir die Mutterschaft. Das ist ungefähr so, als würde man sagen, Hitler hatte auch seine guten Seiten: die Autobahnen.

Die Ballade der Trockenpflaumen

Die Zähne im weichen Tortenteig versenken, das Schokofondant auf der Zunge zergehen und sich von der Zuckerwelle erfassen lassen, ihre Süße die Kehle hinabgleiten spüren … Das sind die Momente, für die sich das Leben lohnt. Von einigen anderen Momenten mal abgesehen. Ich hätte ein paar Jahrhunderte früher zur Welt kommen sollen: Fest- und Fressgelage bis zum Hirnerweichen.

Für mich ist die Menge an konsumierbaren Speisen theoretisch unbegrenzt. Abnehmen ist nicht mein Ding, in der Sonne schmoren zum Braunwerden auch nicht, und um ehrlich zu sein, ist überhaupt nichts mein Ding, was Geduld erfordert, inklusive des In-Form-Bringens der Haare mithilfe eines Föhns (das am allerwenigsten). Wie schön muss es vor zweihundertfünfzig Jahren gewesen sein, als man sich, *zack*, die weiße Perücke auf den Kopf stülpte und alle Sorgen los war. Ich bin im falschen Jahrhundert zur Welt gekommen, ganz klar. Heute ist es doch so: Gewinner ist der, der am meisten Freizeit hat. Und noch dazu reich ist. Wer im achtzehnten Jahrhundert freie Zeit hatte und reich war, lag den lieben langen Tag zu Hause auf der faulen Haut und war folglich weiß und fett. Wer heute freie Zeit und Geld hat, geht ins Fitnessstudio und auf die Sonnenbank und ist folglich dünn und braun. Vor ein paar hundert Jahren waren es nur die Armen und Tagelöhner, die mager und braun waren, weil sie den ganzen Tag unter freiem Himmel schuften mussten. Also waren sie *out*. Jetzt hingegen wären sie *in*, und die teigfarbene Kassiererin mit dem Riesenhintern ist *out*. Kurz gesagt, ich bin *out*, aber ich wäre *in*, wenn ich zum richtigen Zeitpunkt auf die Welt gekommen wäre. Also.

Mit vierzehn war ich es leid, mich länger von meinem Jahrhundert verspotten zu lassen, und beschloss, magersüchtig zu werden. Ich wollte ein für alle Mal das lästige Problem loswerden, eine *res extensa* zu haben oder, mit anderen Worten, einen physischen Leib. Doch gehen wir zuerst einen Schritt zurück.

Voll Stolz darauf, dass mein blauer Minirock so gut zu den blauen Mokassins passte – ein subtiles Outfit, das mich mehrere Stunden vor dem Spiegel gekostet hatte –, hielt ich meinen triumphalen Einzug in die Schulaula, wo gerade eine Schülerversammlung stattfand. Der Junge mit dem orangeroten Irokesen, in den ich bis über beide Ohren verknallt war, leitete die Veranstaltung. Mit krummem Rücken und baumelnden Beinen, Tuch um den Hals, Flüstertüte vor den Lippen, saß er auf dem Katheder. Ich kämpfte mich in die erste Reihe vor, um ihm den Anblick meiner appetitlichen Schenkel möglich zu machen, auf die ich damals noch relativ stolz war. Der Junge würdigte mich keines Blickes. Im Gegenteil: Er schickte sein strahlendes Lächeln und seinen romantischen Blick in Richtung einer spindeldürren Bohnenstange, die ihn mit Klimperwimpern anschmachtete, die Beine übereinandergeschlagen. Deprimiert und wütend kam ich nach Hause: »Was ist denn?«, fragte meine Mutter, als ich die Haustür zudonnerte und in mein Zimmer verschwinden wollte. »Nichts!«, blaffte ich und fügte hinzu: »Ich bin fett!« Mit vierzehn ist es äußerst schwierig, Nichtbeachtung rational zu verarbeiten, daher überträgt man sie der Einfachheit halber auf seinen Körper. Schritt Nummer eins lautete daher: Ab zum nächsten Zeitungskiosk und ein Heft zum Thema »Nulldiät« kaufen.

Auch Äpfel können, im Übermaß verzehrt, dick machen.

Dieser Satz, inklusive Einschub, stand am Anfang meiner berühmten Sieben-Tage-Diät. Ihr durchschaut natürlich, was für ein Riesenschwachsinn das ist. Bevor man von Äpfeln dick wird, stirbt man eher am Ekel. Ich weiß ja nicht, ob ihr jemals vier Äpfel nacheinander gegessen habt. Jedenfalls nicht, wenn ihr normal seid. Und schon gar nicht, wenn ihr normal und Männer seid. Vier Äpfel nacheinander reichen aus, damit einem speiübel wird. Fünf bedeuten akuten Brechreiz. Sechs völlige Apathie. Danach kann man sich nur noch einsargen lassen wie weiland Schneewittchen.

Sie dürfen eine Trockenpflaume essen (wohlgemerkt: nur eine!).

Der Umstand, dass ich mich an ganze Sätze inklusive Einschübe aus diesem Diätjournal erinnere, dürfte bei euch den berechtigten Verdacht erregen, dass ich weder unter die Kategorie Männer noch unter die Kategorie normal falle. Die Zeitschrift breitete sich ausführlich über erlaubte

Zwischenmahlzeiten aus: eine Trockenpflaume, wohlgemerkt, *eine*. Eindeutig der Tonfall, den man von Verhören kennt, wenn Leute eingeschüchtert werden sollen (zur weiteren Lektüre empfehle ich das Buch *Mindfucking* von Stefano Re, das leider immer noch seiner deutschen Übersetzung harrt). Am ersten Tag meiner Diät kaufte ich mir also meine Packung Trockenpflaumen, wie von dem vertrauenswürdigen Magazin empfohlen. Bevor ich damit zur Kasse ging, verglich ich sie mit anderen Trockenpflaumenpackungen, um zu sehen, welche weniger Kalorien pro Pflaume auswies. Die Pflaumen von Sunsweet hatten mehr Kalorien als die Pflaumen von Noberasco, aber die Noberasco-Pflaumen waren mit Kern, weshalb ich also hätte wissen müssen, wie viele Pflaumen einhundert Gramm ergaben und wie viel ein Kern wiegt, um das mit der Anzahl der Pflaumen zu multiplizieren und das addierte Gewicht der Kerne davon abzuziehen. Was ich, unglaublich, aber wahr, tat. Am Ende erwiesen sich die Sunsweet-Pflaumen jedenfalls als kalorienreicher als die von Noberasco, weshalb ich beim nächsten Mal klar für die Noberascos entschied. Nachdem ich mir eine Noberasco-Pflaume als Zwischenmahlzeit zu Gemüte geführt hatte, tat sich in meinem Magen ein regelrechter Schlund auf: Ich wollte mehr. Viel mehr. Einen ganzen Haufen mehr. Aber ich durfte nicht. Doch da eilte mir auch schon der weise Rat der Zeitschrift zu Hilfe:

Sie dürfen den Kern lutschen.

Wenn das mal kein guter Tipp war. Hast du deine Pflaume verzehrt (wohlgemerkt: nur eine, klar?), darfst du noch am Kern rumlutschen, dich an seinem Holzgeschmack berauschen. Das Widerkäuen des Noberasco-Kerns begann um vier Uhr nachmittags und endete gegen halb sieben. Zeitgleich setzte der Countdown bis zum Abendessen ein (fünfzig traurige Gramm Fisch deiner Wahl), nach dem wiederum der Countdown bis zum Frühstück anlief, nicht weniger deprimierend als das Abendessen (eine Scheibe in Tee aufgeweichter Zwieback).

Ich denke sehr oft ans Essen. Das liegt einfach in meiner Natur: Seit meiner Geburt habe ich nichts anderes getan, als an der Brust meiner Mutter zu saugen und sie dann nach und nach durch andere, raffiniertere Drogen zu ersetzen, vom Schnuller bis hin zu Zigaretten, dazwischen ein umfangreiches Sortiment an Breien, Süßigkeiten, Getränken, Fingernägeln. Ich habe wohl um die hundert Oralfantasien am Tag. Als ich mich auf Diät setzte, brach die Vielfältigkeit dieser Fantasien ab und wurde von einer einzigen fixen Idee ersetzt: essen. Was ich nie tat. Ich lebte kurz gesagt meine ganz persönliche *Anleitung zum Unglücklichsein*.

Wenn du die Dreißigkilomarke erreichst und schon zu Statistencastings für Holocaust-Filme eingeladen wirst, heißt das, die Diät funktioniert großartig. Es heißt aber auch, dass du im Grunde genommen dabei bist, zu sterben, was genau dein Ziel ist, da du als Tote endlich den verdienten Schlaf der Mageren schlafen kannst, ohne dich länger damit zu stressen, Schülersprecher-Irokesen hinterherzuschmachten. In freudiger Erwartung deines Ablebens musst du aber erst noch eine ganze Reihe nerviger Termine absolvieren, wie zum Beispiel Essenseinladungen, Geburtstagsfeiern, Ausgehen mit Freunden und so weiter. Wir werden nun Punkt für Punkt untersuchen, wie man ein erfülltes Sozialleben führt, ohne sich anmerken zu lassen, dass man gerade dabei ist, sich selbst auszulöschen.

Party. Partys sind eine echte Tortur. Du darfst nichts trinken, du darfst nichts essen, und du kannst nicht einmal tanzen, weil du zu schwach dafür bist. Eine intelligente Lösung ist es, dich zum Kuchenbacken anzubieten: so verbringst du den Nachmittag mit den Händen im Teig und den Abend im Anblick der anderen versunken, die sich an deinem leckeren Backwerk gütlich tun. Das nennt man Voyeurismus. Voyeurismus ist total wichtig, schreib dir das hinter die Ohren. Begeh bloß nicht den Fehler, selbst ein Fest organisieren zu wollen, denn das ist logischerweise purer Masochismus.

Diskothek. Endlich kannst du mal deine Miniröcke Size Zero ausführen mit den dazugehörigen Storchenbeinen, Ergebnis deiner radikalen Nulldiät. Schade nur, dass dein wachsfarbener Teint, die schwarzen Augenringe, der deprimierte Blick eines ausgestopften Karpfens, das stumpfe Haar und die vollkommene Abwesenheit von Titten dich als elendes Häuflein Knochen irgendwo an den Rand des Saales verbannen. Wenn irgendein Horrorfilmfan zu dir käme und dir etwas zu trinken anböte, würdest du höflich, aber entschieden ablehnen (weißt du, dass ein Gin Tonic ebenso viele Kalorien hat wie ein Teller Spaghetti carbonara?). Die Hoffnung, in der Diskothek mit jemandem anzubändeln, tendiert also deutlich gegen null. Bleib lieber zu Hause.

Bar. Seitdem das Rauchen in öffentlichen Lokalen verboten ist, könnten die Kneipen deinetwegen auch ganz dichtmachen. Alkohol macht nicht nur dick, sondern bläht auch auf, und das, so die Frauenzeitschrift, ohne jeden Nährwert. Nicht auszudenken. Vor die Kneipe gehen und eine Zigarette rauchen kommt nicht infrage, weil du ohne ein Gramm Fett am Leib vor lauter Schlottern die Kippe nicht in der Hand halten könntest. Auch in diesem Fall gilt: Bleib lieber zu Hause.

Restaurant. Hier gibt es kaum Ausweichmöglichkeiten. Entweder du outest dich in deiner totalen Gestörtheit oder du isst wie alle anderen. Wenn du isst wie alle anderen, wirst du mit Sicherheit aufs Klo rennen müssen und alles auskotzen, was aufs Gleiche hinausläuft, wie dich in deiner totalen Gestörtheit zu outen. Mit anderen Worten, meide Restaurantbesuche. Ein möglicher Kompromiss ist es, liebenswürdig zu plaudern und dabei unauffällig an einem Grissino zu knabbern, um anschließend die Tafel zu verlassen, zu fragen, wo die Toiletten sind, und die Treppe ein paar Hundert mal auf und ab zu joggen, um die dreißig Kalorien deines gerade verzehrten Knabbergebäcks wieder zu verbrennen. Wenn du Pech hast und die Klos befinden sich auf gleicher Höhe mit dem Restaurant, heißt es, nicht aufgeben, sich in der Toilette einschließen und die Kloschüssel als Stepper benutzen.

Familienfeste. Großeltern sind einfach gestrickte Wesen. In ihrer genetischen Maske ist der Begriff »Diät« nicht vorgesehen, ebenso wenig seine Weiterentwicklung, die Magersucht. Sie werden dir sagen, wie schlecht du aussiehst, werden dich mit Leckerbissen vollstopfen, und weil dir die Kraft fehlt, dich ihrer zu erwehren, wirst du so tun, als würdest du sie gerne essen. In der Regel halten solche Szenen nicht lange vor und enden damit, dass jemand röchelnd am Boden liegt, ins Bad rennt oder in einen hysterischen Anfall ausbricht. Nicht minder schädlich sind die Mittagessen bei Tanten: Obwohl diese ganz zeitgemäß und im Gegensatz zu ihren Altvorderen den heimlichen Wunsch hegen, genauso dünn zu sein wie du, werden sie versuchen, deine Diät auf jede erdenkliche Art zu torpedieren, verbrämt durch moralische Vorhaltungen und sogenannten gesunden Menschenverstand. Meiden! Absolutes No-go! Deine Mutter (immer diese Mütter) ist die Einzige, die deine Spinnereien widerstandslos erträgt, obwohl es sie fertigmacht, mit ansehen zu müssen, wie du schneller verschwindest als ein Kaninchen im Zylinder. Doch Frauen, die wie du ein Ernährungsproblem haben, sind von einem im wahrsten Sinne ungesunden Egoismus getrieben und scheren sich einen Pfifferling um ihre Mütter. An Weihnachten feierst du krank. An Ostern lockern sich selbst in Italien die Familienbande, und du darfst feiern, mit wem du willst, also auch allein. An Ferragosto bist du als Statistin für den bereits erwähnten Holocaust-Film engagiert und drehst gerade in Polen mit Polanski. Und bis zum Allerheiligenwochenende bist du *grosso modo* selbst bei den Heiligen.

Studium. Lesen verbraucht vierzig Kalorien pro Stunde. Beim Lernen verbrauchst du das Doppelte. Weil du das natürlich weißt, bist du ständig mit der Verzweiflung eines

Vittorio Alfieri* am Lesen. Schade nur, dass du nicht die Bohne von dem verstehst, was da steht: Der chronische Energiemangel, dazu die vielen Nullen, die dich umgeben, lassen dir den gesamten Schatz der Weltliteratur abstrus und sinnlos erscheinen. Vergiss also deinen Abschluss und widme dich ganz dem Fernsehen. Wenn du feststellst, dass du weniger wiegst als alle Moderatorinnen zusammen, hast du das Spiel gewonnen. Natürlich wirst du längst abgekratzt sein, was soweit in Ordnung ist. Nur dass das letzte Bild, das sich auf deiner Netzhaut einbrennt, das landestypische Pendant zu Günther Jauch, Stefan Raab oder Dieter Bohlen sein wird: das solltest du dir gut überlegen.

Sex. Die Natur in ihrer unendlichen Weisheit hat natürlich längst begriffen, dass jemand so Hirnverbranntes wie du sich besser nicht fortpflanzt. Deine Libido hat ihren historischen Tiefstand erreicht, und Sexualkontakte, die schon unter normalen Umständen von den typischen Ängsten und Schuldgefühlen geprägt waren, degradieren dich nun zum simplen Stempelautomaten. Wie dem auch sei, Sex ist sowieso nur eine vorübergehende Unannehmlichkeit, da dein Freund sich bereits anderweitig umschaut. Es ist nur eine Frage der Zeit, bis er dich sitzen lässt.

* Dieser viel beschäftigte Mann, italienischer Adliger und Literat auf der Schwelle zur Aufklärung, hatte zwischen seinen unzähligen Reisen und Tragödien seinerseits wahrscheinlich Mühe, sich genug Kalorien zuzuführen.

Peppe

Flugs hatte ich mein Ziel erreicht: Ich wurde krank. Ich wusste nicht, welche Krankheit ich hatte, aber ich spürte sie und kostete sie voll aus. Wie ein Gespenst wandelte ich durch die Wohnung, meinen Boxermantel eng um mich geschlungen, bleich, weinend, mit schwarzen Augenringen. Mit Wahnvorstellungen wälzte ich mich auf dem Boden herum in einem ausgekotzten Joghurtsee. Ich konnte mich kaum noch auf den Beinen halten, und selbst unter dem Anorak sah man jede einzelne Rippe. Bald schon blieben meine Tage aus. Die Frauenärztin nannte meine Krankheit endlich beim Namen, Anorexie, und die Lehrer baten meine Mutter zum Gespräch. Ich war sehr stolz darauf, dass sich endlich jemand um mich kümmerte und das Loch im Magen allmählich begann, Früchte zu tragen.

Auf dem Höhepunkt der Magersucht lernte ich meinen ersten Freund kennen. Peppe hatte ein ganz schlechtes Verhältnis zu seiner Mutter, weshalb er sich mit mir zusammentat, denn er hielt Frauen nicht aus, und ich war keine Frau, an meinem Körper gab es beim besten Willen nichts Weibliches und Rundes mehr. Peppe war ein Hänfling mit Lockenkopf, dünn, aus der Emilia Romagna stammend, wir lernten uns in den Ferien am Strand kennen. Er schnappte sich meinen Taschenkalender mit den privaten

Notizen drin und warf ihn in seinen Händen hin und her und tat so, als wollte er ihn nicht zurückgeben. Ich krempelte mir die Ärmel hoch. Er nannte mich Entchen Quakquak. Aber als Quak-quak ihm irgendwann einen Tritt ins Gemächt versetzte, landete der Kalender unverzüglich wieder in meinen Händen, *plop*. Das Problem Taschenkalender war ein für allemal gelöst, aber Peppe hörte nicht auf zu nerven: kleine Sticheleien, kleine Scherze und Streiche. Wenn ich das Haus verließ, wartete er unten an der nächsten Ecke und machte »Buh!«. Eines Abends knöpfte ich ihn mir vor und stellte folgendes klar: »Peppe, du nervst einfach.« Peppe gestand, er sei in mich verliebt. Süß. Ich bekam Mitleid. Was kostete es mich schon, eine Weile mit ihm zu gehen? Also gab ich nach. Die Geschichte mit Peppe war der tragische Auftakt zu einer langen Reihe sinnloser, auf Mitleid basierender Beziehungen.

Während meiner ersten Runde als Freundin entdeckte ich alles, was es in der Welt des Eros zu entdecken gab.

Küssen. Vor Peppe war der einzige Junge, den ich geküsst hatte, Roberto. Roberto war der Sohn der besten Freunde meiner Eltern. Eines Tages steckte er mir in seinem Kinderzimmer einen vorwitzigen glitschigen Aal in den Mund. Von diesem ersten Kuss erinnere ich mich nur noch an das Picasso-Poster, das hinter Roberto hing. Ich betrachtete minutiös jedes Detail auf diesem Bild, während die Zunge meine Mundhöhle erforschte, bis meine Schneidezähne wackelten. Nach etwa zehn Sekunden schob ich ihn weg und sagte: »Roberto, ich glaube, das ist jetzt keine so gute Idee.« Ich fand, das war ein sehr reifer und sachlicher Satz. Mit Peppe lief es schon besser: Er sagte, ich solle die

Augen zumachen, anstatt sie aufzureißen wie eine »panische Katze« (sic), und das funktionierte tatsächlich. Ganz vorsichtig begann ich, für den glitschigen Aal gewisse Sympathien zu entwickeln.

Grabbeln. Mit dem ersten Freund erfolgte auch, unerwartet, die erste Busenbetastung. Ich hatte nicht darum gebeten, ich wollte das nicht, es war noch etwas obendrauf und irgendwie unangenehm, kurz: Es nervte. Als Peppe mir den BH wegschob und meine Knöspchen freilegte – zwei perfekte Erhebungen, winzig und symmetrisch –, war er sichtlich enttäuscht. Er meinte, sie seien etwas zu klein für seinen Geschmack. Ich erinnerte ihn daran, während ich mir leicht nervös die Brille auf der Nase zurechtschob, dass der perfekte Busen in ein Champagnerglas passe. Peppe bemerkte darauf hin, meiner fände locker in einem Grappagläschen Platz. Ich machte eine Bewegung, als wolle ich ihn schlagen, stand empört auf und stapfte durch den Sand davon. »Was habt ihr gemacht?«, fragte meine Freundin, die ein wenig weiter weg lag, und legte mir dabei eine Hand auf den Arm. Wütend schüttelte ich sie ab. »Einen Scheiß«, brummte ich. Es war eindeutig nicht mein Problem. Was sich bestätigte, als Peppe und ich uns im darauf folgenden Sommer wiedersahen und er tatsächlich die Frechheit besaß, mir ins Gesicht zu sagen, meine Titten seien zu groß.

Wichsen. Das Wort »wichsen« ist wirklich grauenhaft. Hätte man keine hübschere, musikalischere Bezeichnung dafür finden können? Wichsen klingt irgendwie nach grober Handwerksarbeit, nach Anstrengung und stinkender

Schuhcreme, und am Ende muss man eine Menge dreckiger Lappen und Bürsten wegräumen. Ich will gar kein Geheimnis daraus machen, beim Wichsen meines Freundes war ich eine totale Niete. Wir lagen am Strand. Peppe hatte uns mit einem quadratisch-praktischen Badelaken in Modefarben einen kuscheligen Liebesmeter abgesteckt. Unter dem Handtuch versuchte er verzweifelt, das bisschen Fleisch zu kneten, das ich noch an mir hatte, um dann ganz beiläufig meine Hand auf seinen Kram zu legen. Das war eine neue Erfahrung, vage vergleichbar mit dem seltenen, zufälligen Gefühl von Hand auf überreifer Zucchini. Irgendeiner obskuren dogmatischen Lehre folgend, machte ich mich ans Werk. Ich packte sein Ding wie einen Joystick und bewegte ihn nach rechts und links. Ich hob und senkte ihn wie den Knüppel am Einarmigen Banditen. Zu gewinnen gab es nichts. Ich fantasierte mir irgendwas zusammen. Ich stellte mir vor, es handele sich um ein Neugeborenes, das ich pflegen müsste, ich legte ihm einen Finger auf die Stirn, um zu fühlen, ob er Fieber hat, und streichelte ihn dann. Entnervt übernahm Peppe wieder das Ruder und besorgte sich selbst, was er brauchte, und nach fünf Minuten emsigen Schrubbelns – wobei ich einen Kometen sah, was ich ihm aber wohlweislich verschwieg – gab das Neugeborene einen ungelenken Nieser von sich und legte sich wieder zur Ruhe.

Fingern. Habt ihr euch je gefragt, warum die Frauen nur so ungern über Selbstbefriedigung reden? Das liegt doch auf der Hand: Es ist wie mit den Cocktails, um sie zu bestellen, musst du dich cool fühlen. Hey, bring mir einen Manhattan. Hey, mix mir einen Martini. Hey, mach mir einen Long

Island. Hey, mach es mir mit dem Finger – das klingt einfach scheiße. Du kommst dir dabei nur dämlich vor. Peppe packte eines Nachmittags meinen Arm und schleifte mich in ein Pinienwäldchen, wo er mich an einen Baum lehnte. Er fragte, ob er es mir mit dem Finger machen sollte. Als brave Süditalienerin weiß ich, dass Verweigerung ein Zeichen schlechter Erziehung ist, also stimmte ich mit einem schwachen »okay« zu. Der Kampf um die Bastille begann. Eine Hand nestelte an der Schnalle meiner Latzhose herum, die andere arbeitete sich in die Unterhose vor, bis ein langer Fingernagel sich grob in meine kleine Muschi schob: Niemand hatte ihn je vermisst, es hätten problemlos weitere hundert Jahre ohne ihn ins Land streichen können. Ich jaulte auf vor Schmerz. Peppe hielt mir den Mund zu und begann, mir ins Ohr zu sabbern. Das waren die längsten fünf Minuten meines Lebens. Als es sich anfühlte, als habe sein Finger meinen Mageneingang erreicht, stieß ich einen unmenschlichen Schrei aus, der, weil er mit einem Orgasmus verwechselt wurde, der Tortur ein Ende setzte.

Knutschfleck. Ich habe nie verstanden, wozu Knutschflecken gut sind. Ich finde einfach nichts Angenehmes daran, wenn ein Kerl sich blutegelartig an deinem Hals festsaugt, und ich verstehe nicht, welcher Feingeist das zum Bestandteil erotischer Topoi erklärt hat. Wie dem auch sei, als Peppes Freundin musste auch ich eine Anzahl sinnloser Knutschflecke über mich ergehen lassen. Als Preis erhielt ich einen pompejiroten Fleck in der Größe eines Hundert-Lire-Stücks, echt hässlich. Meine Mutter beobachtete, wie ich an Ferragosto mit einem Tuch um den Hals von einem Zimmer ins nächste rannte, sie wusste ganz genau, was sich darunter verbarg, musste mich aber trotzdem demütigen. Sie schlich um mich herum, reckte den Hals und flüsterte: Was versteckst du da unter dem Schal? Am Ende riss ich mir das Tuch vom Hals, streckte ihr meine Kehle entgegen und sagte, ein *Seepferdchen* habe mich gestochen. Die verdiente Ohrfeige landete gut platziert auf meiner Wange. Nicht so sehr wegen des Knutschflecks, sondern weil ich geglaubt hatte, mit der Ausrede des Seepferdchens davonzukommen (o selige Jugend), was verständlicherweise ihre Intelligenz beleidigte.

Blasen. Endlich. Da wären wir. Die Stunde ist gekommen. Ihr dürft großzügig alles bisher Gehörte vergessen, ich bin aufgerufen, aufs Ganze zu gehen. Peppe liegt auf seinem Schlafsack, in der triumphalen Pose des Patriarchen, er durchwühlt voll brüderlicher Zuneigung meine Haare und drückt sehr diplomatisch meinen Kopf nach unten, beidhändig. Anfangs wusste ich gar nicht, von welchem Ende ich es nehmen sollte, das Pfeifchen, und befürchtete, es würde abbrechen, wenn ich es zu fest anpackte. Ich robbte ungelenk mit dem Bauch darüber, braver Soldat Schwejk, und nach einigen vergeblichen Versuchen schnappte ich ihn mir endlich. Das Verblüffende daran war, dass er nach nichts schmeckte. Höchstens nach Ellbogen. Also nach nichts. Ich ließ meiner Fantasie wieder freien Lauf und stellte mir vor, es sei ein Eis. Im Gegensatz zum Neugeborenen funktionierte es dieses Mal ganz hervorragend.

Nach einer höchst eigenartigen Woche als »Freundin von« kehrte Peppe nach Bologna zurück. Ich verabschiedete mich von ihm mit einem beherzten Schulterklopfen.

Der Sommer war vorüber. Nach einigen Tagen zu Hause klingelte das Telefon. »Peppe aus Bologna ist dran«, sagte meine Mutter und hielt mir das schnurlose Telefon hin. O Gott, was wollte der denn noch? Etwa über die Zukunftsaussichten unserer Beziehung sprechen?, fragte ich mich. Beziehung? Unsere? Zukunft? Während ich mir die Nägel lackierte, erklärte ich ihm, dass zwischen Bologna und Foggia zu viele Kilometer Bahngleise, zu viele Probleme lägen, wirklich schade, da ich tiefe Gefühle für ihn hegte, und er darauf: »Und wie lautet jetzt die Antwort? Willst du mit mir gehen, ja oder nein?« Ich war noch nie der Typ für ein klares Nein. Ich schaffe das einfach nicht, es ist stärker als ich, ich finde es unnötig grausam. Verlegen, mit verdruckster Stimme, stammelte ich ein vages: »Ich ... ähm ... also ... ich ...« Hilflos brach ich ab, und es folgten dreißig Sekunden intensives Schweigen. »Ich dich auch«, erwiderte er gerührt. »Sehr sogar.« Da ich unfähig war, ihm zu widersprechen, blieb ich weitere sechs lange Monate mit ihm zusammen, bis ich Franchino kennenlernte.

Franchino

Sex mit Franchino hatte etwas regelrecht Hirnerweichendes. Der Spitzname Franchino war seiner verwirrenden Ähnlichkeit mit einer Figur aus den legendären Fantozzi-Filmen geschuldet, dem wuchtigen Franchino mit seiner zotteligen Achselbehaarung. Manchmal erinnerte er auch an den finsteren Bäcker Cecco, noch so eine Fantozzi-Figur, der immer folgendes hübsche Lied auf den Lippen hatte:

Im Bette bin isch diabolisch,
mein Mast ein Riesenhorn,
seh isch die Rischtge, ja dann hol isch
ihn raus und bums sie von hinten und vorn.

Franchino und ich lernten uns im Zug kennen. Ich kam gerade aus Venedig, wo ich einen verfrühten Literaturpreis entgegengenommen hatte, und war auf dem Weg nach Rom, um dort die Sommerferien zu verbringen. Er kam aus Bologna, wo er mit seinem nichtsnutzigen Freund nichts Nützliches getan hatte. Der Schaffner erwischte ihn beim Schwarzfahren. Ich erhob mich und stand dem armen Teufel bei. Der Schaffner ließ ihn laufen. Da er mittellos war, bedankte er sich bei mir, indem er mir seine Telefonnummer auf den Flyer einer Diskothek kritzelte. Wir können guten

Gewissens sagen, dass dieses Individuum nicht gerade meiner Idealvorstellung von Mann entsprach. Schmuddelig, schmächtig, mit abgerocktem Friedenszeichen, das an einem Goldring in seinem ausgeleierten Ohrläppchen hing, repräsentierte er genau jene trendige Unterschicht, die heutzutage mit dem Begriff »Neoproletariat« beschrieben wird. Und trotzdem gelang es der Unterzeichneten, in sein lauteres »Alles kloar, man sieht sich« einen Anflug von wenn nicht Ritterlichkeit, so doch zumindest verheißungsvoller Männlichkeit hineinzuinterpretieren.

Ein paar Tage später rief ich Franchino an. Wir verabredeten uns für das Konzert von weiß der Kuckuck wem im ehemaligen Snia, dem berüchtigten Jugendzentrum auf der Prenestina. Mein Debüt in der franchinistischen Gesellschaft war kurios. Ich verließ das Haus in einem Pulli mit U-Boot-Ausschnitt, den ich in einem Mailänder Outlet erstanden hatte und der perfekt zu meiner neuen Max&Co.-Jeans passte. Das i-Tüpfelchen aber waren meine Pseudoherrenmokassins, ganz im Stil fortgeschrittene Dienstleistung.

Ich traf Franchino unten vor der Haustür: Er wartete bei laufendem Motor in einem weißen Fiat Ritmo. Sein Schattenriss mit im Mundwinkel hängender Zigarette bewegte sich hinter den vibrierenden Scheiben. Als ich einstieg, vernichtete er mit seinen Blicken jedes einzelne Kleidungsstück an mir und wollte mich nicht umarmen, um *ja nichts zu zerknittern*. Seine Art, mir zu verstehen zu geben, dass mein Outfit für den bevorstehenden Abend voll daneben war. Beim Jugendzentrum angekommen, versuchte ich, Punkte aufzuholen, indem ich literweise eklig warmes Bier in mich hineinschüttete und wie eine Besessene vor der Bühne pogte, während eine wahre Büffelherde mir meine nagelneuen Mokassins ruinierte. Nach dem Konzert gingen wir zur Rückseite des Gebäudes und setzten uns auf die Erde, ein wahrhaft proletarischer Akt, durch den ich die Prüfung bestand – und tatsächlich wurde ich dort geküsst.

Am folgenden Tag beschloss Franchino, mich mit zu sich nach Hause zu nehmen. Sein »Zuhause« bestand aus einem langen Erdgeschossflur von angrenzenden und miteinander verbundenen Zimmern, irgendwo in der Pampa. Wenn man das Haus betrat, stand man direkt im Schlafzimmer von Franchinos Vater, der dort mit einer Art Konkubine lebte, einer kleinen, dicken Analphabetin aus Tunesien, die immer lächelte, ich weiß nicht, ob aus angeborenem Stumpfsinn oder als Opfer einer Überdosis Halluzinogene, von der sie sich nie erholt hatte. Franchinos Vater hingegen war ein aalglattes, freundliches Männlein, ein Klümpchen Butter in Hosen, das sich wenig um die Anwesenheit anderer scherte und in aller Seelenruhe seinen krummen, in meinen Augen eher unrentablen Geschäften nachging. Dann gelangte man in den zweiten Raum, die Küche. Sie verströmte diesen muffeligen Omaküchengeruch, undefinierbar abstoßend, nach Klöpsen und kalter Soße. In ihrer Mitte stand ein runder Tisch mit Spitzendeckchen und Krümeln. Hatte man den danteschen Höllenkreis der Küche überstanden, kam man endlich in eine kleine Kammer, die allerdings nicht Franchino gehörte, sondern seinem älteren Bruder, den ich den perversen Schizo taufte. Im Zimmer des perversen Schizo gab es vier mögliche Grundsituationen, die da waren:

1. Der perverse Schizo starrt die Wand an und holt sich einen runter.
2. Der perverse Schizo sieht sich einen Porno an und holt sich einen runter.
3. Der perverse Schizo sieht sich mit seiner Geliebten einen Porno an.
4. Der perverse Schizo schläft.

Im letzten Setting gab es noch die Variable Nicolina. Nicolina war noch kleiner als ich, dünn und bebrillt, trug Blusen mit weiten Spitzenkragen und galt als die offizielle Verlobte des perversen Schizo. Keine Ahnung, warum, aber man sah sie nur in den Morgenstunden, wenn der perverse Schizo noch schlief. Sie saß dann korrekt gekleidet an seinem Kopfende im Halbdunkel, die Hände im Schoß gefaltet und darauf wartend, dass der perverse Schizo erwacht. Um die Mittagszeit war sie dann plötzlich verschwunden. Die Geliebte des perversen Schizo, die man wiederum nur abends sah, war eine dicke Amerikanerin undefinierbaren Alters im Rippenhemd, das ihre üppigen Brüste noch betonte. Sie sprach Italienisch. Das einzige Mal, dass ich sie Englisch reden hörte, war, als sie mich anschrie: *It's so rude of you to ask me my age!*

Nun endlich kam man zu Franchinos Zimmer, hinter dem nur noch das schmale Bad lag. In seinem Zimmer befanden sich ein überquellender Schrank, ein Bücherregal mit dem noch ungelesenen *Kapital* von Marx plus weiteren wahrscheinlich niemals aufgeschlagenen Büchern, ein mit verschiedenstem Krimskrams beladener Schreibtisch, ein zerwühltes Bett, ein Gettoblaster auf dem Boden. Nach der ersten Sexnacht beschloss ich, dass wir es nie wieder dort tun würden, aus zwei Gründen: Erstens musste jeder, der ins schmale Bad wollte, durch Franchinos Zimmer, weshalb die Tür niemals abgeschlossen wurde; zweitens öffnete ich am Morgen nach unserem ersten Beischlaf die Zimmertür und sah mich dem perversen Schizo gegenüber, dem der harte Schwanz quasi aus der Schlafanzughose ragte und der meine Orgasmusgeräusche nachäffte, die er ganz offensichtlich durch die Wand belauscht hatte.

Um dieses hübsche Gemälde abzurunden, gab es im Hof vier verlauste Hunde und fünf Meter vom Haus entfernt einen Geräteschuppen, in dem – wer hätte das gedacht? – Franchinos Mutter hauste, die ihr Leben im schönsten aller Träume versunken verschlief und nur hin und wieder gähnend herauskam, um den Hunden zu fressen zu geben, die der perverse Schizo sinnigerweise Kartoffel 1, Kartoffel 2, Kartoffel 3 und Kartoffel 4 genannt hatte.

Franchino seinerseits kompensierte dieses vergeistigte Klima seiner häuslichen Umgebung, indem er sich unter vollem, sehnigem, muskulösem Körpereinsatz gegen die Globalisierung stemmte. Aus irgendeinem absurden Grund glaubte er, den Kapitalismus bezwingen zu können, und aus irgendeinem noch absurderen Grund meinte er, meine Präsenz an seiner Seite wäre dafür entscheidend. Deshalb wurde ich zu allen Demos mitgeschleift – für den Frieden, für die Arbeiterschaft, für die Arbeiterpartei –, bei denen Franchino jeweils irgendwann sein Hämmerchen aus der Tasche zog und die Fensterscheiben von McDonald's zertrümmerte, wo er nebenbei montags bis samstags arbeitete. Das Schöne daran war, dass wir nie über Politik redeten. Unsere Gespräche beschränkten sich auf seine grammatikalisch zweifelhafte Selbstbe... -weihung?... -rauchung?

Egal, jedenfalls intellektualisierte er vor sich hin, und ich hörte zu, oder ich lauschte geduldig seinen Arbeiterliedern auf der Gitarre, ein Instrument, das er ebenfalls nicht beherrschte.

Unsere Beziehung endete, als Franchino nach Australien ging, um Koch zu werden, wie er sagte. In Wirklichkeit wurde er Tellerwäscher. Seine letzte Wortmeldung liegt viele Jahre zurück. Auf einer Karte stand: »Hier is voll krass«, gefolgt von neun oder zehn Ausrufezeichen.

Federico_76

Um 1995 herum hörte ich zum ersten Mal vom Internet. Mit dem Siegeszug des Netzes verschwand augenblicklich jeder Rest von Selbstgemachtem aus meinem Blickfeld, wie zum Beispiel die kleine Nudelmaschine für Tagliatelle alla casalinga oder die alten Fotoapparate, wo man noch an der Kurbel drehen musste, oder Briefmarken, die mit der Zunge angefeuchtet wurden. *Puff*. Von einem Tag auf den anderen erfasste mich ein neuer Geisteszustand, die Technologiewelle. Jeder sprach plötzlich vom WWW. Das alte Handy (das man bis dahin behandelt hatte wie eine kostbare Ming-Vase) wurde ganz schnell abgewrackt und zum Spielzeug degradiert, das man quengelnden Kindern zur Beruhigung in den Buggy warf. Mein Friseur nannte sich jetzt H@ir-Designer. Wollte man in der Kneipe jemanden anbaggern, fragte man nicht: »Welches Sternzeichen bist du?«, sondern: »Hast du E-Mail?« Um 1995 herum begann die Welt sich zu der Suppe zu entwickeln, die sie heute ist.

Gleichzeitig – vielleicht habt ihr es mitbekommen – beendeten die auflagenstarken Magazine *Espresso* und *Panorama* ihren Wettstreit darum, wer die schärfere Braut mit den größeren Möpsen auf der Titelseite hatte. Der Zweikampf hatte nun zum Inhalt: Wer bildet mehr Handys im

Heft ab? Eine Neupositionierung, welche die Marketingabteilungen wahrscheinlich zahllose Meetings gekostet hatte. Möpse oder Handy? Stellt einem durchschnittlichen Mann diese Frage, und ihr werdet sehen, wie es hinter seiner Stirn zu rauchen beginnt. Ihr werdet sehen, wie das männliche Betriebssystem aufgrund der andauernden Überforderung heißläuft, implodiert und der Mann schon bald wie ein Roboter die Funktionen einstellt. *Bzzz*.

Die neue Technik war mit leichter Verspätung 1998 bei mir zu Hause angekommen, als die Supermarktkette Ipercoop in Foggia eine Fuhre PCs zu Subventionspreisen anbot: Es war das Jahr, als jedermann mit einem Monatseinkommen von über fünfhunderttausend Lire sich so ein schreckliches brummendes Monstrum ins Wohnzimmer stellte. Viele dieser Computer blieben weitgehend ungenutzt, da der Durchschnittsfoggianer nach einem Ausflug auf die Homepage der örtlichen Schältomaten (deren Netzadresse auf der Konserve stand) keine weiteren Einfälle hatte, wie das World Wide Web noch zu nutzen sei. Auf der anderen Seite gab es glücklicherweise eine junge Generation tollkühner Waghälse, die ihr Glück gar nicht fassten, sich die Texte von Pearl Jam herunterladen zu können. Sie, also wir, waren die Ersten, die ihre Fußstapfen im jungfräulichen Schnee von Google hinterließen.

1998 begann ich also, nächtelang Musik zu hören und mir die Abschiedsbriefe von selbstmörderischen Musikern, die gerade in waren, herunterzuladen. Dann, eines Abends, entdeckte ich beim Surfen durch Zufall den Chat.

In dem Chatroom, in dem ich gelandet war, musste man sich weder anmelden noch sonst etwas, man brauchte nur seinen Nickname anzugeben, den man auch mehrmals täglich ändern konnte, und sich einzuloggen. Der Nickname, den ich für mich aussuchte, war Kamala, Siddhartas Hure, nur damit niemand auf falsche Gedanken käme. Den Auftakt in einer langen Reihe von Begegnungen mit hirnamputierten Cybernauten bildete James, und er chattete von Kanada aus. Mit ihm schnackte ich die ganze Nacht: Wir hatten nichts gemeinsam, aber da er mein erster Chat war, stellte ich ihn mir wunderschön und Wunder wie intelligent vor und verliebte mich sofort und rückhaltlos in ihn. Beim zweiten Chatten hatten wir eine Meinungsverschiedenheit, und James verabschiedete sich für immer aus dem Chat und von mir. Ich stürzte in tiefe Depressionen und wartete die nächsten zwanzig Nächte darauf, dass er sich wieder einloggte. Da dies nicht geschah, kam mir der berechtigte Verdacht, dass James sehr wohl noch weiter mit mir chattete, aber unter falschem Namen. Durch diese Prämisse wurden alle Leute, mit denen ich im Chat zu tun hatte, potenziell zu Jamesen oder, was weiß ich, zu James' Freunden, die sein Spielchen mitspielten. Oder zu James selbst, der sich von zwei verschiedenen Computern zugleich einloggte. Meine Mission wurde es, herauszufinden, wo James sich versteckte, und ihn, sobald ich ihn entdeckt hatte, in mich verliebt zu machen und davon zu überzeugen, zu mir nach Italien zu kommen.

In dieser Zeit wurden auch die ersten Studien über Chatsucht verfasst, die Zeitungen quollen über von Infokästen und Übersichtstafeln, die die häufigsten Symptome dieser neuartigen Krankheit illustrierten. Ich zeigte sie alle. Hätte das Talkwunder Maurizio Costanzo von meiner Existenz gewusst, er hätte sich alle Beine ausgerissen, um mich als Gast in eine seiner tausend TV-Shows zu bekommen. Wie alle Chatsüchtigen verbrachte ich den größten Teil meines Tages mit Leuten, die nicht existierten. Schau, das ist meine Schule. Darf ich dir ein Glas Wein anbieten? Oh, gerne, komm doch rein. Das ist meine Katze, sie kratzt nicht, du kannst sie ruhig streicheln. Diese Phase lässt jedes geistig gesunde Kind normalerweise mit ungefähr vier Jahren hinter sich.

Das Schicksal wollte es, dass genau auf dem Höhepunkt meiner Internetpsychose meine Mutter zum Arbeiten in die Vereinigten Staaten ging und mich für drei Monate allein ließ. An diesem Punkt konnte ich mir meine Tage frei einteilen, die sich mit der Zeit auf beängstigende Weise glichen:

19.00 – Wecker
20.00 – Chatbeginn
10.00 – Chatende

Drei Monate lang sah ich die Sonne nicht. Um zehn Uhr vormittags loggte ich mich aus und genehmigte mir eine Mütze Schlaf bis zum nächsten Parforceritt durch eine weitere Runde »Suche nach James«, im typischen Loopschema (immer im Kreis herum).

Meine Mutter hatte mir Haushaltsgeld von rund einem Milliönchen Lire zum Überleben dagelassen, wovon ich drei Viertel innerhalb der ersten Woche für eine Serie Massagen und Fangopackungen im Beauty-Center auf den Kopf haute (die mich zwangen, mich um elendig frühe fünf Uhr nachmittags aus dem Bett zu quälen). Da ich am Ende des Massageabos kein Geld mehr für Essen hatte, kaufte ich mir eine Hunderterpackung Thunfischkonserven light. Damit hatte ich mich für immer von der Sklaverei des Einkaufens befreit und hatte zugleich das lästige Problem gelöst, das Haus verlassen zu müssen.

Nach eineinhalb Monaten unermüdlichen Jagens nach James war ich fest davon überzeugt, dass mein Objekt der Begierde sich hinter einem gewissen Steve versteckte, der aus London schrieb. Diverse Gründe bewegten mich zu dieser Annahme: Allen voran roch mir der Name Steve gewaltig nach Schwindel, so in Richtung Mustermann. Zweitens, als ich Steve fragte, wo er denn in London wohne, antwortete er, Wimbledon, und ich wusste, dass James ein großer Tennisfan war. Als ich Steve dann mitteilte, ich wüsste, dass er James sei, erwiderte Steve: »Wovon redest du?«, in einer, wie ich fand, sehr ausweichenden Art. Ich schlug Steve vor, uns in London zu treffen, und Steve sagte Ja. Wow! Ok. Entschieden. Auf nach London. Es kam mir natürlich überhaupt nicht in den Sinn, dass die Person, die ich treffen sollte, vielleicht nicht James war, sondern nur ein von James vorgeschickter Dummy, oder dass Steve eventuell einfach gar nichts mit James zu tun hatte. Egal wie, all das spielte nicht die geringste Rolle.

Nach London zu fahren hatte einen einzigen großen Nachteil: Es bedeutete, mindestens eine Woche lang nicht chatten zu können.

Anstatt gleich die Fahrkarte zu kaufen, begann ich also das Für und Wider zu erwägen, zögerte die Entscheidung hinaus. Inzwischen lernte ich im Chat einen Italiener kennen, Federico_76. Und, was für ein Zufall, auch er wollte nach London. Perfekt. Fahren wir zusammen? Abgemacht. Am selben Abend tauschten wir die Telefonnummern aus, und fünf Minuten später rief er an, um alles zu besprechen.

Wir telefonierten sieben Stunden lang, redeten über Gott und die Welt.

Und am nächsten Tag auch.

Und am nächsten Tag auch.

Nach einer Woche nächtlichen Gequatsches hatte er sich seinen Erklärungen nach in mich verliebt. Ich fand die Sache lustig und sagte ihm, er solle mich besuchen kommen, ich hätte sturmfreie Bude. Wir würden zuerst drei Wochen in Foggia bleiben und von dort aus zusammen nach London fahren, das war mein Spontankonzept. Klar doch! Den Typen noch nie gesehen. Nicht einmal auf einem Foto. Er konnte auch ein Wicht von einem halben Meter sein oder anstelle der Hand einen Gremlin haben.

Als ich ihn am Bahnhof von Foggia abholte, stellte ich erleichtert fest, dass er physisch gar nicht so schlecht war, abgesehen von einer etwas sparsamen Kopfbehaarung. Guter Körper. Gesicht, na ja. Aber sympathisch. Und er schien aufrichtig in mich verliebt zu sein. So doll, dass er die nächsten zwei Wochen in totaler Anbetung verbrachte: Er küsste mir die Hände, kaufte für mich ein, kochte für mich, führte mich zum Essen aus, goss meine Blumen. Was mir die Möglichkeit gab, mich als die hysterische Nervensäge zu geben, wie ich es schon immer erträumt hatte: Ich hing im Haus herum und erteilte Befehle, ich schubste ihn aus dem Bett, damit er mit mir ans Meer fuhr, ich wies mit meinem göttlichen Finger auf Dinge in den Schaufenstern, woraufhin er das Geschäft betrat und sie für mich kaufte. Die übrige Zeit verbrachte ich mit der Cybersuche nach meinem kanadischen Beau: Wann immer es ging, ließ ich meinen Gast allein und kochte mir mein eigenes Computersüppchen, während mein Lehnsmann niedergeschlagen auf dem Sofa hockte und zusah, wie ich wie vom Teufel besessen auf die Tastatur einhackte. Dieses ruhige Laisser-faire ließ bei mir Zweifel an seinem Geisteszustand entstehen. Vielleicht war er am Ende autistisch. Ein Anblick aus dieser Zeit ist mir wie ins Gehirn gebrannt: Ich taue mit Hammerschlägen ein Gläschen Eierlikör auf, während er traurig und still und unterernährt auf dem Boden des schmutzigen Balkons meiner Wohnung sitzt und sich ein Filmnegativ vors Auge hält, um die Sonnenfinsternis zu suchen.

Auch beim Sex gab's Probleme. Er war noch Jungfrau. Ich hatte gar nichts gegen Sex mit ihm. Ich schätzte seine Bemühungen, mithilfe von CDs und auf dem Bett drapierten Kissen die passende Atmosphäre zu schaffen. Und ich fand, es sei das Mindeste, ihm das zu geben, im Gegenzug für all seine guten Taten, der arme Kerl. Also versuchten wir es ein, zwei, drei Mal: Aber er bekam ihn einfach nicht hoch. Ich sagte, das sei kein Problem für mich, aber davon wollte er nichts hören, versuchte es erneut, schaffte es nicht, rollte sich verzweifelt zur Seite, probierte es erneut, schaffte es wieder nicht, igelte sich ein. Um die Stimmung zu heben, dachte ich mir ein Spiel aus: Eines Morgens riss ich alle Präservative zugleich auf und fixierte mit Tesafilm am Kopfende des Betts eine ganze Artillerie von Wurfgeschossen. Als er das Zimmer betrat, fing ich an, ihn damit zu bombardieren, piumm, piumm. Ich hielt das für eine hervorragende Idee, um die Lage zu entspannen. Ihn deprimierte es.

Nach zweiwöchigem Zusammenleben begriff ich, dass ich mich übel verkalkuliert hatte. Drei Wochen waren entschieden zu lang. Netter Junge, Gott bewahre, aber nun war der Moment gekommen, ihn wieder loszuwerden. Ich nahm ihn beiseite und versuchte ihm zu erklären, dass ich etwas Zeit für mich allein brauchte, *you know*. Vielleicht sehen wir uns ja in London, keine Ahnung. Er erklärte mir, dass er kein Geld mehr habe, um nach London zu fahren, da er sein gesamtes Kapital für all die hübschen Handtaschen aufgebraucht hatte, die nun in meinem Kleiderschrank hingen. Ich hingegen hatte keine einzige Lira ausgegeben, na so was. Und hatte daher noch exakt den Betrag für meine Fahrkarte. Die Sorge, mir eine Gratisunterkunft in London zu verschaffen, wollte ich großzügig meinem neuen Chatfreund überlassen. Aber das ist ein anderes Kapitel.

Hühnerpampe

Zwei Jahre zuvor, nach einem Winter anstrengender Dialektik, hatte ich endlich meine Mutter von der Notwendigkeit überzeugt, mich zu einem Studienaufenthalt nach England zu schicken, wie alle normalen Leute es tun. Dabei hatte ich ein ganz grundlegendes Detail übersehen, nämlich dass wir arme Schlucker waren. Das Maximum, das ich ihr aus den Rippen leiern konnte, würde dementsprechend ein Arme-Leute-Sprachkurs sein. Was es dann auch war.

Als ich aus dem Minibus stieg, wurden die anderen Desperados schnell von ihren Familien eingesammelt, während ich einsam auf dem Parkplatz zurückblieb. Nach ein paar Stunden tauchte ein käsiger, sauertöpfisch dreinblickender Schlaks auf und brachte mich nach Hause.

Über die Fetzen eines in Auflösung begriffenen Teppichbodens, der früher wohl rosa gewesen sein musste, betrat ich die Gruft und lernte Mrs Whewell kennen. Mrs Whewell war geschieden und lebte mit einem fetten Brummifahrer zusammen, wahrscheinlich ihr Bruder, gemessen an der Fürsorge, mit der sie ihm die Flasche aus der Hand riss und ihn in eine aufrechte Position boxte. Dann gab es Granny Whewell, ein echter Drachen. Und schließlich zwei traurige Kiddis, von denen das kleinere ohne Unterhose auf dem Teppich hockte. Wir blickten einander ein paar Minuten an und lächelten wenig überzeugt. Um das Eis zu brechen, fragte ich, ob ich duschen dürfe, woraufhin sich knirschend das Familiengetriebe in Bewegung setzte, um mir Handtuch und Seife zu besorgen.

Seht ihr Zeichentrickspinnen vor euch? Mit ihrem pelzigen Leib so dick wie ein Tennisball und diesen gebogenen, haarigen Beinen? Eine solche Zeichentrickspinne, ihr Archetyp geradezu, kroch aus dem Wannenabfluss, als ich mich gerade einseifte. Ich stieß einen unmenschlichen Schrei aus. Mrs Whewell eilte herbei, warf einen Blick in die Wanne, ging in aller Seelenruhe ins Wohnzimmer, um vor sich hin pfeifend mit einem Besen über der Schulter zurückzukehren. Sie packte den Besenstiel mit beiden Händen und zermatschte die Spinne zu Brei, *wamm, wamm*. Die Spinnenreste wurden in den Abfluss gespült, während ich mit aufgerissenen Augen zuschaute und mir mit einer Hand die Muschi bedeckte. »Haha«, krächzte sie. Auf der Türschwelle erschienen nun alarmiert die anderen vier. Die Frau schulterte ihre Gerätschaft und ging in Richtung Verwandtschaft, wobei sie irgendetwas im heimischen Dialekt vor sich hin brummelte. »Haha«, krächzten die anderen im Chor und zerstreuten sich wieder.

Das war mein erstes und, könnte man meinen, letztes Erlebnis in England. Doch wild und frei, wie ich war, entschloss ich mich drei Jahre später zu einer Zugabe. Dieses Mal jedoch organisierte ich mich ein wenig besser.

Man schrieb das Jahr 1999, Federico_76 war nur noch eine ferne Erinnerung, und ich hatte beschlossen, nach London zu meiner großen Liebe James zu fahren. Ich war achtzehn Jahre alt, weiter Horizont, begrenzte Perspektiven und tausend Prozent Romantikerin. 1999 war auch das Jahr, als Teile meines Vernunftdenkens ins Land der Schlümpfe auswanderten, da besagte Liebe – James – eine reine Fiktion war, eine Fantasterei, eine Privatmärchen. Aller Wahrscheinlichkeit nach lebte er in Kanada, aber nach Kanada zu fahren war zu aufwendig, weshalb ich allen Ernstes beschloss, ihn in London zu suchen.

Am Londoner Flughafen erwartete mich der Neffe der Alten, die mir ein Zimmer vermieten würde. Er war übergewichtig und hatte den Teint eines rohen Huhns. Seine halb europäischen, halb asiatischen Gesichtszüge verliehen ihm ein katzenhaftes Aussehen, die Sorte Katze mit plattgedrückter Nase, als wäre sie im vorigen Leben mit einem Tischbein zusammengeprallt. Ich hingegen der totale Freak: Zottelhaare, Rauscherock in schreiendem Lila bis über die Fußknöchel, Glöckchen, Unmengen Kajal und aller möglicher Flitterkram, der wie magnetisch an mir haften blieb. »Freak« war meine eigene Definition, meine Mutter sagte, ich sähe aus wie eine Indianerwitwe, die sich gerade in Brand gesetzt hat. Wie auch immer, in diesem schrecklichen Siebzigerjahre-Ford mit offenem Verdeck gaben Hühnerpampe und ich ein wirklich hübsches Paar ab.

Wir hielten bei einem Pub, um ein paar Pints zu heben, genauer gesagt sogar ziemlich viele. Laber, laber, laber. Sympathisch. So um den fünften Cider herum begann er allmählich wie Billy Corgan auszusehen. Am Ende des Abends begleitete er mich nach Hause auf mein Zimmer, und durch eine eigenartige Schicksalswendung des lila Rocks landeten wir schließlich im Bett. Während dieser einen Woche, die ich in London weilte, waren wir also ein Paar, während der alte James in Frieden ruhte, ersetzt, vergessen, passé. Wir waren ziemlich kitschig, gingen händchenhaltend spazieren, telefonierten (»kuckuck!«) gleich nach dem Aufwachen, *killi-killi* und *heititei*. Am zehnten Tag brachte er mich wieder zum Flughafen: »Ich liebe dich.« »Ich dich auch.« Kuss. Vorhang. Aus.

Einen Monat später war er in Italien. Einen Monat später war ich wieder in London. Einen Monat später war er erneut in Italien. Einen Monat später, bitte festhalten, verbrachten wir die Weihnachtsferien im Haus meiner Schwiegermutter.

Als wir ihr Wohnzimmer betraten, stießen wir auf einen riesigen Buddha in klassischer Pose. Als ich näher kam, merkte ich, dass er lebte und Fernsehen schaute.

Das ist meine Mutter, sagte Pampe.

Ich nickte zum Gruß mit dem Kopf. Fast hätte ich unwillkürlich die Hände gefaltet, doch dann würde sie vielleicht denken, ich wolle sie verarschen. Ich lächelte herzlich.

Der Buddha drehte den Kopf und raunzte mir ein paar Hieroglyphen entgegen. Wie versteinert verharrte ich in meiner Lächelhaltung. An diesem Punkt ließ Pampe einen keifenden Wortschwall auf Thailändisch ab und wies dabei in meine Richtung. Auch die Matrone gestikulierte in meine Richtung. Alle gestikulierten in meine Richtung. Als sie mit ihrem Madame-Butterfly-Kauderwelsch fertig waren, überließen wir zu meiner großen Erleichterung die Dame wieder ihrem Lotossitz vor dem Glücksrad und begaben uns auf einen Rundgang durchs Haus.

Zunächst einmal war das Haus von einem merkwürdigen Geruch verpestet. Als wir die gefährlich schwankende Wendeltreppe hinaufstiegen, raste uns von oben eine

Meute von bestimmt zwanzig Katzen entgegen, und mir wurde klar, nach was es hier roch: nach Katzenpisse, nach toten Katzen, nach postum angepissten Katzen, nach nassen toten Katzen und allen sonstigen Kombinationen von Pisse, Katze und Tod. Das erste Zimmer, das ich besichtigte, gehörte der Uroma: Die Alte lag im Bett und konnte sich nicht mehr rühren. Sie war schon immer da gewesen, sie würde immer da sein, stand nicht auf und starb auch nicht, sie gehörte zum Inventar des Hauses, war ihr eigenes Möbelstück im Uromazimmer. Dann kam Pampes Zimmer an die Reihe, das nicht minder beunruhigend war. Ich stand vor einer Phalanx von zweihundert Phil-Collins-Postern, vielleicht waren es auch mehr. Ich sah meinen Freund stirnrunzelnd an. Irgendwie fühlte ich mich in dem Zimmer verfolgt. Auf dem Boden sitzend, auf dem Bett liegend, rück- oder bäuchlings, hinter der Tür, im Schrank, zusammengesunken am Fenster, wo man auch hinguckte, blickte einem ein schelmisch lächelndes Phil-Collins-Konterfei entgegen. Ratlos ging ich hinaus.

Wir besichtigten noch die anderen Räume, wobei wir mit den Füßen allerlei Krimskrams zur Seite schoben: »Das ist das Bad«, »Das ist das Zimmer meiner Mutter«, »Das ist das Zimmer meiner Schwester«. Wo immer wir eine Tür aufmachten, stakste uns auf unsicheren Beinen ein halbes Dutzend kränklicher Katzen aus der Tiefe des Staubs entgegen. Dann erreichten wir das Wohnzimmer, wo ich Pampes drei Stiefschwestern kennenlernte. Die Mädchen saßen auf dem Sofa und lutschten an braunen Sojabrocken aus einer Aluminiumschale. Um sie herum Zeichnungen von Sai Baba, Porzellanfiguren, verstaubte Ansichtskarten, Teneriffasouvenirs und kleine Ahnenaltäre. Mit einem möglichst ungezwungenen Lächeln zog ich mich zurück.

Wir betraten die Küche, wo mich der Katzengestank beinahe umwarf. Meine Schuhsohlen schmatzten über den schmodderigen Boden. Auf dem Herd stand ein mit Speiseresten verklebter einsamer Topf, daneben ein Kessel, in dem sich ein Stalagmit aus Reiskörnern gebildet hatte. Pampe rührte in der braunen Flüssigkeit im Topf herum und fragte mich, ob ich *pork omelettes* wollte. Ich wusste nicht, was »Schweineomeletts« sein sollten, aber die einzige sinnvolle Antwort lautete: Nein. Mühsam durchwatete ich die Fluten von Leckerlis, um die einzige Sitzgelegenheit zu erreichen, einen mit Badezimmerteppich gepolsterten Hocker, als mein Blick in den Garten fiel, den *backyard*. Normalerweise denkt man bei dem Wort »backyard« an eine Örtlichkeit, in dem Sinead O'Connor gerne Blumen pflanzen würde. Einen *locus amoenus*, einen von der Sonne geküssten Winkel des Friedens, fern aller Menschenmassen, wo reife Früchte zu Boden fallen und man in bequemen Liegestühlen Ruhe findet. Dieser hier hingegen war Austragungsstätte eines darwinistischen Überlebenskampfes. Kakerlaken, Heuschrecken, wucherndes Unkraut, anthropomorphe Katzen. Und ein Haufen Gerümpel aller Art, von verrosteten Benzinkanistern bis hin zu kaputten Sonnenschirmen.

Es regnete.

Heiligabend glich dem Abend von *Sleepy Hollow*. Eine Stiefschwester stellte glibberige Gelatine auf den Tisch, von der die Eingeborenen gierig aßen. Nachdem die Geschenke getauscht waren, huschte ich wie eine Katze aus dem Haus, um mich dem Jungen von der Fish&Chips-

Bude an den Hals zu werfen und ihn anzuflehen: »Bitte, hilf mir!«

Die intimen Beziehungen zu meinem Geliebten waren schwierig und führten auf Dauer zum Ende unserer Freundschaft. Das erste Problem bestand darin, dass sein Vater irischer Katholik war und seine Mutter thailändische Buddhistin, weswegen jeglicher Sex mit vatikanischen Schuldgefühlen und buddhistischen Idiosynkrasien einherging, beispielsweise einem Fußetabu. Zweitens war Pampe ein Perverser, was mir spätestens klar wurde, als ich erfuhr, dass die gut tausend Videos in seinem Zimmer Pornofilme waren. Nie hätte ich das gedacht, denn die Kassetten bildeten übereinandergestapelt ein wahres, über jeden Verdacht erhabenes Gebirge. Und drittens zählte Sex unter den wohlmeinenden Blicken mehrerer Hundert Phil-Collins-Ausgaben nicht unbedingt zu meinen Top 100 an Intimfantasien. Und für den vierten Grund, den mit den schmutzigen Einzelheiten, verweise ich euch auf das Kapitel »Kleine Phallologie«, genauer gesagt auf den Absatz über den *pimmulus humilis*.

Fliehe aus Foggia

Nach einem knappen Jahr mit Hühnerpampe begriff ich, dass der entscheidende Punkt an dieser Beziehung nicht der war (es nie gewesen war), eine Liebe zu finden, sondern vor allem eine gute Ausrede zu haben, in monatlichen Abständen aus Foggia zu fliehen. Diese Unduldsamkeit meiner Geburtsstadt gegenüber hatte nicht nur die absurde Pendelei Foggia–London zur Folge. Zwischen meinem ersten und neunzehnten Lebensjahr, als es mir endlich gelang wegzuziehen, lagen ihr eine lange Reihe von Unannehmlichkeiten zugrunde.

Ich stamme aus Foggia. In diesen vier auf den ersten Blick banalen Wörtern steckt die Essenz meines Lebens. Wer nicht in Foggia geboren ist, wird nicht verstehen können, was es heißt, aus Foggia zu stammen: Foggia hat ganz besondere Eigenheiten, die keine andere Stadt in Italien hat*. Das fängt damit an, dass jeder, dem du erzählst, du wärst aus Foggia, sofort zurückfragt: »Foggia, *Foggia*?« Das geschieht bei keiner einzigen anderen der einhundertneun

---

* Was sich auch in folgender Redensart niederschlägt: »Fliehe [it. fuggi] aus Foggia, nicht wegen Foggia, sondern wegen der Foggianer«, die in Italien jedermann kennt und liebt, außer den Foggianern selbst natürlich …

italienischen Provinzen. Keiner fragt etwa: »Triest, *Triest*?« oder: »Frosinone, *Frosinone*?« Diese Art, »Foggia, *Foggia*?« zu fragen, rührt daher, dass jeder Depp, der aus irgendeinem Kaff im Umland Foggias kommt, sich trotzdem als Foggia-Städter ausgibt. »Foggia« klingt offenbar irgendwie sexier als »Celenza Valfortore«, »Carpino«, »Rocchetta Sant'Antonio«. Im Hinterland Foggias findet sich nebenbei bemerkt auch die größtmögliche Ansammlung sinnloser Heiliger. Wenn es irgendwo einen Unglücksraben von Heiligen gibt, für den im Kalender kein Platz mehr war, findet sich ganz gewiss ein hübsches kleines Städtchen hier bei uns in der Gegend: So kam es zu San Ferdinando, San Nicandro Garganico, San Severo, San Paolo di Civitate, Sant'Agata di Puglia, San Marco la Catola, San Giovanni Rotondo, San Marco in Lamis, San Menaio Garganico. Celle di San Vito zum Beispiel ist ein ganz fantastischer Ort: Er zählt exakt einhundertfünfundachtzig Einwohner, keinen mehr, keinen weniger (im Übrigen kann man an einem Ort mit dem Namen »Zelle« wohl kaum erwarten, dass sich hier ein Haufen Leute niederlassen will). Da von den hundertfünfundachtzig Personen ungefähr hundert Rentner sind, fünfzig Frauen und von den verbleibenden fünfunddreißig Männern zwanzig verheiratet, zehn minderjährig und fünf schwul, musst du dich, wenn du Liebe machen willst, ohnehin an die Nachbardörfer halten.

So erging es auch meinen Großeltern, meine Oma kam aus Roseto Valfortore und mein Opa aus Alberona: Sie haben sich in einer Kutsche kennengelernt, auf einer ihrer Fluchten in größere Ortschaften (na ja, was man so größer nennt). In einem Dorf wie Roseto Valfortore lässt sich das, was man hier tun kann, eigentlich nur mit negativen Zahlen fassen. Als Kind habe ich ein paar Tage in Roseto im Winterlager verbracht und wurde von den Pfadfinderleitern ins Dorf geschickt, um die Leute zum Thema »Jugendwelt« zu interviewen – was praktisch aufs Gleiche hinausläuft, wie wenn du in der russischen Taiga eine Umfrage zu, keine Ahnung, Segelschiffen startest. Ich hielt auf der Straße einen Herrn an und fragte ihn: »Was tun die Jugendlichen in Roseto?« Er antwortete: »Was sollen sie schon groß tun, sie essen und trinken.« »Fliehe aus Roseto Valfortore, nicht wegen Roseto Valfortore, sondern wegen der Rosetaner Valfortoraner«, das wäre als Redensart vielleicht einen Tick zu lang, aber ganz sicher viel verdienter und gerechter als das abgenudelte »Fliehe aus Foggia«.

Wie auch immer, ich bin in Foggia-City geboren, ich darf mich also etwas echter fühlen als die Cerignolaner, Luceriner, Castelfranchiner, Orsaresen: Wenn ihr erlaubt, blicke ich sogar ein klein wenig auf sie herab.

Borgo Croci

Das Viertel Borgo Croci ist ein eigenes Kapitel wert, unser bescheidenes Indianerreservat. Vor ein paar Jahrzehnten kam eine Gruppe Anthropologen nach Borgo Croci, um die Eingeborenen zu erforschen, die einen ganz seltenen Fall darstellten: ein Stamm von Jägern und Sammlern inmitten einer modernen Stadt (was man so modern nennt). Während sich die anderen Einwohner Foggias im Laufe der Jahrhunderte zivilisiert haben, sich mit Schmuck und Pelzen behängten, die Massenmotorisierung vorantrieben und sich den Freuden der Höhensonne hingaben, scheinen die Crocesen immer noch auf eine tragende Rolle in *Serengeti darf nicht sterben* zu hoffen. Sie streifen umher und suchen nach Wildkräutern, nach Stoppeln von verbranntem Korn (aus dem die berühmte »Pasta aus hundertprozentig verbranntem Weizengries« hergestellt wird, mit leicht geräuchertem Beigeschmack), nach *ciammaruchelle* (kleinen Schnecken) und *lampascioni* (der eigenartig runden, knackigen Gemüsesorte, die in der Gegend wächst; die Ethymologie des Namens scheint auf »Blitz und Donner« zurückzugehen, *lampi e tuoni*, unter Bezugnahme auf die Darmgase, die der Verzehr nach sich zieht). Die Crocesen leben im Erdgeschoss halb verfallener, kaum bewohnbarer Häuser, da der Großteil von ihnen ein »Übergangsleben« führt, das heißt sie stellen sich einen Stuhl vor die Haustür und verbringen ihre Tage im Freien, immerhin bequem sitzend.

Im Übrigen geht es Foggia vielleicht ähnlich wie Detmold oder Bad Honnef: Auch sie haben sicher zahlreiche große Geister hervorgebracht, die ihrer Heimat lebenslänglich dankbar sind und es trotzdem vorziehen, in, beispielsweise, Berlin zu leben.

Kartografie

Foggia war einst ein sehr hübsches Städtchen, in dem Milch und Honig flossen. Man sagt, der Name Foggia sei von *fovea* abgeleitet, dem lateinischen *fossa*, Graben. Nach traditioneller Auslegung spielt dies auf die Gruben an, in denen das Korn gelagert wurde. Meine ganz persönliche

Theorie ist jedoch, dass Foggia von Anbeginn an eine Art geistiger Friedhof war, eine biologische Kläranlage. Jedenfalls war Foggia bis zum Zweiten Weltkrieg immerhin eine einigermaßen ansehnliche Ortschaft, die von der Landwirtschaft lebte und eine nicht weltbewegende, aber doch passable Altstadt vorzuweisen hatte. Eines schönen Tages aber beschlossen die amerikanischen Jagdflieger, eine Runde über unsere Gegend zu drehen und ein paar Bomben auf uns abzuwerfen. Es gibt Stimmen, die behaupten, Foggia sei versehentlich dem Erdboden gleichgemacht worden: Ich glaube eher, dass nichts dem Zufall überlassen wurde. Wie auch immer, in den Fünfzigerjahren wurde die Stadt wiederaufgebaut, zum Teil nach den Vorgaben einer grauenerregenden Städtebauästhetik, zum Teil nach den zwingenden Notwendigkeiten des illegalen Baugewerbes. Die wenigen Häuser, die den Bomben entgangen waren, wurden nie wieder aufgebaut, sie stehen immer noch windschief und brüchig in der Altstadt (einmal rutschte einem Kommentator des Giro d'Italia unversehens heraus: »Noch nie habe ich so eine hässliche Stadt gesehen«, was im Übrigen auch schon Alberto Moravia in großer geistiger Klarheit formuliert hatte). Das städtebauliche Glanzstück jedoch ist eindeutig die Piazza Italia, der zentrale Platz der Stadt, auf dem sich zwei riesige Liktorenbündel erheben, Symbol des Faschismus. Shit happens, werdet ihr sagen, alle italienischen Städte standen mehr oder weniger unter faschistischer Herrschaft. Was die Faszes in Foggia aber so einzigartig macht, ist, dass sie erst im Jahr 1998 errichtet wurden.

In Wirklichkeit ist Foggia gar keine Faschostadt, wenngleich viele Einwohner sich dazu bekennen würden und auch einige ihrer Bürgermeister klar in diese Richtung tendierten, man denke nur an die zwei oben erwähnten Säulen auf der Piazza Italia (Kommunistengalgen nenne ich sie immer). Um Faschist zu sein, bräuchte man eine klare Überzeugung, eine durchdachte Ideologie, doch das einzig Durchdachte in Foggia ist der Parkplatz vor dem Einkaufszentrum. Allenfalls ist Foggia eine rechte Stadt, die Berlusconis Forza Italia unterstützt. Wenn der Notar, der Steuerberater und der Fischverkäufer dieselbe Partei wählen, dann deshalb, weil sie die Liebe zu Schlauchbooten, Autos, Häusern am Meer und schlechten Witzen teilen, alles perfekt verkörpert durch einen Zwerg mit Bandanatuch um den Kopf, der seinen Kollegen bei Fototerminen (und auch sonst gerne) die Hörner macht. Seit Berlusconi die Politbühne betreten hat, können die Bürger von Foggia endlich, nach fünfzig Jahren fauler Kompromisse mit der katholischen Kirche, ganz offen zeigen, woran sie glauben: an einen Scheißdreck. Jeden Sonntagvormittag geht's zum Schaufahren auf den Corso mit dicken, protzigen Autos und dröhnenden Maschinen. Es reicht ihnen zwar kaum bis zum Monatsende, aber Pelzmäntel, Autos und Motorräder müssen schon sein, um damit einmal in der Woche oder an den Feiertagen durchs Stadtzentrum zu cruisen.

Eine weitere Besonderheit von Foggia ist, dass es sich fest in den Händen der organisierten Kriminalität befindet, die sich mit einer für mein Empfinden erschütternden

Natürlichkeit in den Alltag implementiert hat. Rund achtzig Prozent der Geschäfte im Zentrum erhalten regelmäßig Besuche, eine geradezu langweilige Routine: Man trinkt einen Espresso zusammen, zahlt das Schutzgeld und richtet schöne Grüße an Frau und Kinder aus. Nicht umsonst taucht Foggia eigentlich nur dann in der Presse auf, wenn es um Schießereien oder ähnliche Missetaten geht. Legendär ist die Geschichte vom Onkel einer Bekannten von mir, der von Schüssen aus der Pistole des Nachbarn unter ihm kaltgemacht wurde, weil er die Krümel von seiner Tischdecke über der Balkonbrüstung ausschüttelte. Nervig sind aber vor allem auch die kleineren Delikte des Alltags. Du stellst dein Fahrrad ab, wirfst nur schnell einen Blick in den Briefkasten, kehrst um, willst es anschließen, und voilà, David Copperfield lässt grüßen, das Fahrrad ist weg. Einmal habe ich meinen Roller unter dem Haus einer Klassenkameradin geparkt, bin hochgegangen, um kurz ein paar Mitschriften abzuholen, kam zurück, und der Roller war weg. Zu Hause erzählte ich von dem Vorfall. Meine Mutter, die damals an einer Schule von eher mittelprächtigem Ruf unterrichtete, wurde sofort aktiv.

Am nächsten Tag kam sie mit einer Telefonnummer zurück. »Hier musst du anrufen und sagen, dass du Valeria bist, die Freundin von Maria und die Cousine von Pia.« Ohne mit der Wimper zu zucken und ohne den blassesten Schimmer, wer Maria und Pia sind, folgte ich ihren Anweisungen. Als am anderen Ende der Leitung eine raue Stimme antwortete, sagte ich: »Hallo, hier ist Valeria, die Freundin von Maria und die Cousine von Pia. Weißt du, wo mein Roller ist?« Der Raue legte ohne einen Mucks auf. Nach zwei Tagen kam meine Mutter als gute Reformistin mit einem neuen Plan nach Hause: »Maria hat es geschafft, ein Treffen zu arrangieren. Morgen Nachmittag um vier vor der Schule. Wir müssen fünfhunderttausend Lire Lösegeld mitbringen.« Wow, fast wie in *Allein gegen die Mafia*. Am nächsten Tag standen ich, meine Mutter und ihre schwangere Schülerin an der Straßenecke und warteten, aber weit und breit kein Mafiakiller. Stattdessen tauchte ein etwa dreizehnjähriger Bote auf, der mein Mofa neben sich her schob. Dem armen Gefährt hatte man sämtliche Plaketten entfernt und nicht einmal das Nummernschild gelassen. Wir zahlten, und als der Junge wieder weg war, rechtfertigte die Schülerin meiner Mutter sich betrübt: »Wenn mein Bruder dabei gewesen wäre, hättet ihr nichts bezahlt.«

Natürlich stellt sich die berechtigte Frage, womit sich eigentlich die Ordnungshüter befassen. Spontan würde ich sagen, sie kratzen sich von morgens bis abends am Sack, aber ich will keine Anzeige wegen übler Nachrede riskieren, deshalb sage ich: Es gibt keine Antwort darauf. Letztlich hatte ich in Foggia immer nur sehr sporadisch mit der Polizei zu tun, umso häufiger dafür mit Verkehrspolizisten. Geradezu emblematisch war eine Begegnung mit ihnen in der Fußgängerzone: Ich saß bei einem Freund hinten auf seinem Scooter 50, beide ohne Helm. Fußgängerslalom. Wir fuhren drei Verkehrspolizisten in die Arme, nicht einem, sondern drei. Immerhin hatte sie die Größe, uns anzuhalten:

»Fahrzeugbrief.«

»Ähm … habe ich zu Hause vergessen.«

»Hier ist Mofafahren verboten, das ist eine Fußgängerzone.«

»Das wusste ich nicht.«

»Man darf auch nicht zu zweit auf einem Scooter fahren.«

»Ach so … ja.«

»In Ordnung, weiterfahren.«

Und so weiter.

Gastronomie

Die Foggianer Küche weist Probleme in verschiedenster Hinsicht auf. Das erste Problem ist lexikalischer Natur: Wir neigen dazu, das Einfache kompliziert zu machen. Da muss man nur an zwei Scheiben Brot mit Salami oder Käse dazwischen denken beziehungsweise an das, was sich auf Italienisch schlicht und einfach *panino* nennt. Das heißt auf dem apulischen Hochplateau der Murge *ndacciatèure*, dessen Aussprache auch einem Italiener nicht ganz leichtfällt. Zweitens variiert der Name ein und desselben Gerichts von Ortschaft zu Ortschaft, und die phonetische Sprengkraft wächst proportional mit der zunehmenden Entfernung vom Zentrum in die abgelegene Bergwelt hinein.

Der Fall der Cavatelli

Cavatelli ist eine typische Pasta aus Apulien, deren Form ein wenig an Gnocchi erinnert.

Dorf, in dem du dich aufhältst	Bezeichnung der Pasta
Orta Nova	*cingule*
Ascoli Satriano	*cinguele*
Margherida di Savoia	*ciunchelicchje*
Molfetta	*cinghel-e ccénghele*

Wenn ihr euch aus einem bizarren Grund, den ich nicht genauer wissen möchte, in Margherida di Savoia aufhaltet, passt auf, dass ihr nicht die *ciunchelicchje* (Cavatelli) mit den *ciunchelìcchje* (auf Italienisch die Maltriti) verwechselt: Die Ortsansässigen könnten das in den falschen Hals bekommen.

Der dritte Problemkreis ist verdauungstechnischer Art. Als der kleine Pampe mich aus London besuchen kam, gingen wir in einer Trattoria in den Ausläufern des Apennins essen, um die lokale Küche zu probieren: Wir brauchten nichts anderes zu tun, als einzutreten, zu grüßen und uns zu setzen, der Rest kam ganz von allein. Uns wurde eine Unzahl von gefüllten Pfannen und Schüsseln serviert, die die Gesamtbevölkerung Chinas gesättigt hätten. Während des Essens fragt mich mein Freund plötzlich: »Alles in Ordnung? Du bist ja ganz gelb.« Bevor ich etwas sagen konnte, war ich schon auf meinem Stuhl nach hinten gekippt, Beine in die Luft, bewusstlos. Die Köche kamen aus der Küche gerannt, der eine zerrte an meinen Füßen, der andere verpasste mir Ohrfeigen. Der Krankenwagen kam, und der Abend endete am Tropf in der Notaufnahme. Die Ärzte gaben der Hitze die Schuld und der eiskalten Limonade in meinem Magen, ohne auch nur im Mindesten das Lamm gefüllt mit Truthahn gefüllt mit in Schmalz geschmorten und goldgelb in Ei ausgebackenen Auberginen, zu berücksichtigen, das uns als erster Gruß aus der Küche serviert wurde. Im Folgenden nun eine Liste (ohne Anspruch auf Vollständigkeit, Gott bewahre) der landestypischen Gerichte:

Pane sottile *(»ù pene suttile«)*. «Dünnes Brot« schimpft sich ein ungefähr neun Kilo wuchtiger Laib weißes Brot (der Name ist wohl ironisch gemeint). Jede Scheibe / jeder Brocken davon wird *ucceddéte* genannt, das dem Klang nach stark an *ucciditi* erinnert, was so viel heißt wie *bring dich um*.

Scagliozzi *(ì scagliùzz)*. Man nehme einen Polentateig, der an sich ja schon ziemlich reinhaut, rolle ihn aus, schneide Rechtecke daraus, brate und salze sie. Der Geschmack erinnert an Rodeochips, im Verhältnis: ein Scagliozzo = fünfzehn Tüten Rodeochips. Egal, ob in Rund-, Trapez- oder Zylinderform, eure Leber wird euch in jedem Fall schreiend vors Jüngste Gericht schleifen.

Calzone mit Grieben *(a'pìzz ch-i cìeccel)*. Das Mehl mit Schmalz vermengen, dann eine nicht unerhebliche Menge Grieben darauf verteilen und ab in den Ofen damit. Leider hat das Gericht noch nie jemand überlebt, um berichten zu können, wie es schmeckt.

Eingelegte Thunfisch-Peperoni *(peperuscìll sozzùccchje)*. Meine Tante macht das immer, und das Rezept ist ihr Geheimnis. Im Einmachglas schwimmen runde Paprika, scharf, riesig, am Stück, komplett mit Öl bedeckt, und in jeder Paprika steckt eine ganze Büchse wahnsinnig gesunder Thunfisch. Wenn ihr mehr als drei davon esst, solltet ihr die Zeitungsbeilage »Geschichte der Philosophie« abonnieren und euch damit im Klo einsperren, bis ihr eure Doktorarbeit abgeschlossen habt.

Minestrone *(ù menestren)*. Zwiebel, Knoblauch und Petersilie klein hacken und in Öl anschwitzen. Dann in Streifen geschnittenen Thunfischbauch hinzugeben und mitbraten lassen. Schließlich dicke Bohnen, dann Zucchini, jungen Mangold, grüne Bohnen und Kürbisblüten hinzugeben. Mit Nudeln oder Brot servieren. Die Suppendiät ist in Foggia ein Witz.

Pasta *(i maccarùne)*. Da, wo andere Regionen in der Namensgebung ihrer Pasta zumindest ansatzweise Bezugspunkte zur realen Welt herstellen (*orecchiette* heißt beispielsweise Öhrchen, *vermicelli* sind kleine Würmer, *spaghetti* Schnüre und *gnocchi* das, was bei uns Klopse hieße), herrscht in Foggia das große -ele/elle-Einerlei: *fainèlle*, *lumbrichele*, *gnuòcchele* – das erinnert an *Spätzle* und den schwäbischen Verkleinerungswahn. Verdauungstechnisch ist die Foggianer Pasta eigentlich ganz in Ordnung, das Unangenehme an ihr ist nur, dass sie landestypisch so lange im heißen Wasser sprudelt, bis sie hoffnungslos verkocht ist. Schwer verdaulich werden die Nudeln im Übrigen erst durch das *ragù*, in das man notfalls auch tote Großmütter, sprechende Zwiebeln und frittierte Nierchen von fliegenden Nilpferden schnippeln kann.

Die Zubereitung des *ragù* ist ein seit zwei Jahrhunderten überliefertes Ritual, dessen Grundlage der Tomatensud bildet. Dieser wird selbstverständlich nicht in Form von Dosen- oder passierten Tomaten gekauft, sondern selbst zubereitet, und zwar in heerestauglichen Mengen. Ende August / Anfang September ziehen die Frauen der Familie en bloc in die Garage, um dort tonnenweise Tomaten zu waschen, zu zerquetschen, zu kochen und in Flaschen abzufüllen. In jeder Garage sitzen mindestens vier Generationen von Frauen auf ihren Höckerchen und schälen, zerkleinern und tratschen. Ich war dieser Arbeit immer enthoben, da meine Familie keinen eigenen Sud herstellte.

Lammhoden *(ì capuzzèll)*. Sollte euch in Italien je Hammelfleisch *(castrato)* aufgetischt werden, werft einen Blick auf die Teller eurer Tischgenossen, denn aller Wahrscheinlichkeit nach findet ihr dort die auf eurem Teller fehlenden Teile. Die Schmuckstücke des Tiers werden halbiert, in Kräutern gewälzt und dann im Ofen gebacken. Gebackene Eier. Genau. Perverse Freunde des Symbolhaften reichen zum Nachtisch ein paar eingelegte Pfläumchen.

Torcinelli *(»ì turc'nill«)*. Spieße vom Darm. Der Darm wird wie ein Fahrradschlauch von innen und außen gewaschen, dann um einen Spieß gewickelt, mit etwas Petersilie verziert und auf Holzkohlenglut gegrillt. Wenn ihr den Eindruck habt, es schmeckt irgendwie nach Scheiße, ganz ruhig, ihr habt den Nagel auf den Kopf getroffen: Es ist Scheiße. Denn es kann tatsächlich passieren, dass das Innere nicht sorgfältig genug ausgewaschen wurde, das nennt man dann einen *torcinello chìn e bbùn* (gefüllt & gut). Guten Appetit.

Schwein *(»u'pùrk«)*. Wir Foggianer haben die Redewendung »alles vom Schwein« übernommen und total verinnerlicht:

Aus dem Fleisch bereitet man traditionelle Fleischgerichte zu.

Aus den Innereien macht man Spieße.

Aus den Haxen macht man eine Grillplatte, die Füße kommen fünf Stunden in einen Sud, werden abgeschüttet, klein geschnitten und auf der Glut gegrillt.

Die Ohren werden schön gesotten und mit gehackter Petersilie, Öl und Pfeffer gewürzt.

Der Rüssel ergibt ein leckeres Würstchen fürs Baby.

Mit dem Gaumen macht man irgendetwas anderes Fieses, das ich, offen gestanden, verdrängt habe.

Aus Blut und Hirn macht man *sanguinaccio*, eine blutwurstartige Paste, salzig oder süß, die man bei einem echten Weltmeisterfrühstück verputzt. (Was wäre die Welt nur ohne Blutwurst?)

Bei einer Schulkameradin zu Hause gab es häufig Hirn, und ich weiß noch, dass sich mir dabei immer der Magen umdrehte. Jede Woche bekamen sie ganz frisches Hirn geliefert, direkt von toten Schweinen aus der Umgebung. Wenn man die Küche betrat, fühlte man sich wie in der Vorkammer von Frankenstein jun.: Auf dem Küchenschrank lag immer ein Gehirn, umwickelt von einigen Lagen Frischhaltefolie. Sie hatten offenbar auch einen Kaninchenlieferanten, einen Aallieferanten, einen Lieferanten von trinkfrischen Eiern, einen Mozzarellalieferanten, alles enge oder entfernte Freunde der Familie, zumindest wurden sie so behandelt. Den Mozzarellalieferanten werde ich nie vergessen: ein Herr La Porta. Wenn Herr La Porta anrief und wir Kinder drangingen, spielte sich stets die gleiche Szene ab:

»Mama, La Porta für dich!«, schrie meine Freundin und streckte den Telefonhörer in die Luft.

Und Mama ging und öffnete die Wohnungstür.

ZELLULITIS IST WIE DIE MAFIA

Shoppingsucht

Meine Pubertät war von zwei Dingen geprägt: Paranoia und Shoppen. In vielen Fällen generierte das Erste das Zweite. In anderen generierte das Zweite das Erste. Meist aber bildeten Paranoia und Shoppen eine unzertrennliche Einheit, vor allem wenn die Paranoia sich auf die manische Pflege meines Körpers bezog. Die Pubertät setzt ja keineswegs, wie landläufig behauptet, mit dem Sprießen der ersten Körperbehaarung ein, sondern mit ihrer brutalen, an Besessenheit grenzenden Extraktion. Um als vollwertiger Teenager zu gelten, reicht es eben nicht, Busen zu haben, sondern man muss *wegen seines Busens Paranoia haben* und überzeugt sein, dass das Leben null und nichtig und verabscheuungswürdig ist, wenn man keine Spezialcreme zur Behandlung sensibler Hautpartien hat.

Dieses Buch hätte weitaus mehr werden können als das mittelmäßige Romänchen, das es ist, es hätte ein Bestseller werden und mir einen sagenhaften Geldsegen bescheren können, wenn ich mich einfach nur auf die Aufzählung des ganzen Quatsches beschränkt hätte, den ich monatlich erstehe – und Sophie Kinsella mich damit nicht von rechts überholt hätte. Aber Sophie Kinsella hat mich damit von rechts überholt, und dieses Buch ist das mittelmäßige Romänchen, das es ist.

Wie dem auch sei, irgendwie fühle ich mich verpflichtet, jenen Ausgabeposten ein paar Zeilen zu widmen, die das große Drama meines Lebens darstellen. Wenn man das Wort »Konsum« hört, denkt man sofort an Verschwendung, an Prasserei, an die spontane Mitnahme zweckfreier Geschenkartikel, die auf Wohnzimmerschränken oder in Kinderzimmerkörben landen oder sich meterhoch in sowieso schon aus allen Nähten platzenden Schränken stapeln. Oder man denkt an opulente Fressgelage, nach denen jeder seinen Hosenbund öffnen muss. Oder an einen Schuhschrank, der vor untragbaren Damenstiefeln mit zehn Zentimeter langen schlangenlederbesetzten Spitzen überquillt. Aber nein, mein Konsum ist *heilig*, geradezu *franziskanisch*. Einen Großteil meines Geldes verwende ich auf biologisches Toilettenpapier, tierversuchsfreies Make-up, seifenfreies Putzmittel, geschmacksfreies Knabberzeug, makrobiotische Cracker, die das Doppelte kosten, weil sie so sparsam und ausgeglichen gewürzt und um die quasi komplette Zutatenliste reduziert sind.

Wenn es nach mir ginge, würde man das Marketingprinzip »Nimm drei, zahl zwei« umkehren zu »Nimm zwei, zahl drei«. Kekse ohne Salz, ohne Hefe, ohne Eier, ohne Zucker und ohne Milch (man könnte auch sagen: ohne Keks) kosten das Dreifache der guten alten fetttriefenden und kalorienstrotzenden Mulino-Bianco-Kekse, und genau deswegen kann ich nicht umhin, sie mit der moralischen Überlegenheit einer Betschwester in mein Wägelchen zu packen. Was die Schuhe betrifft, halte ich es mit dem alten Einstein, der einen ganzen Kleiderschrank voll mit absolut identischen Anzügen hatte. Ich habe einen Schrank voll mit absolut identischen schwarzen Stiefeln und absolut identischen schwarzen Springerstiefeln, drei von jeder Sorte, also insgesamt sechs Paar Schuhe, die nicht voneinander zu unterscheiden und dazu noch unterschiedslos langweilig sind. Ihr Mehrwert – für die Augen unsichtbar, wie der Kleine Prinz so schön sagt – besteht darin, dass bei ihrer Herstellung kein einziger Wal harpuniert, nicht eine Robbe inkommodiert und kein noch so kleiner Panda beim Knabbern seines Bambusrohrs gestört wurde. Und das macht sie so lachhaft teuer.

Das Problem ist ein grundlegendes. Das Problem ist meine Gutgläubigkeit. In der Beziehung bin ich wie ein Kleinkind. Ich glaube einfach alles. Ich glaube daran, dass die Pyramiden von den Marsmenschen erbaut wurden, ich glaube, dass man mit Kristallen Grippe heilen kann, ich glaube, dass im Jahr 2012 die Große Veränderung eintreten wird, ich glaube den Vorhersagen des Zauberers mit dem Klapptisch auf der Via Brera, denen zufolge ich übrigens in meinem letzten Leben eine irakische Bauchtänzerin war (cool!). Ich glaube an die Aussagekraft der Runen, des I-Ging, der Karten, der Hand, des Balls, an das Werfen von Streichhölzern, Münzen und Würfeln. Wenn mir jemand die Fettlösekraft des antistatischen Staubwedels demonstriert, dann glaube ich ihm. Ich glaube an die Homöopathie, an Bachblüten, an Akupunktur, an Shiatsu, an Yoga, an die Moxa-Therapie (ein fies stinkendes Zeugs, das du erst zum Glühen bringst und dir dann in den Bauchnabel schmierst, was obendrein ziemlich schmerzhaft ist). Ich glaube, dass man am großen Zeh die Beziehung zu sich selbst ablesen kann, am zweiten Zeh die zu seinem Vater, am vierten die zu seinem Partner und am kleinen die zu den Kindern. Was mit dem mittleren war, weiß ich nicht mehr, aber ich glaube blindlings und felsenfest an den mittleren Zeh. Ich glaube an das Horoskop. Ich glaube an die Existenz Gottes, an den Tomatengott, an den Buschgott, an den Steingott, an den immanenten Gott, ich glaube, dass die Dinge eine Seele haben und dass mein Handy Mario heißt und ich mit ihm reden kann. Ich rede auch mit Türen, mit Mixern, mit Pflanzen und mit den Toten.

Aber von allen Dingen, an die ich glaube, glaube ich am allermeisten daran, dass Milchprodukte das Verhältnis zur Mutter beeinflussen, Backtriebmittel das zum Vater, dass Alkohol und Zucker zu affektiven Störungen führen können und Tee, Kaffee und Kakao irgendwie verborgene Ängste widerspiegeln. Das ist der Grund, warum ich all diese Lebensmittel weitgehend meide oder aber sie unter schlimmsten Gewissensbissen im Dunkeln meiner Küche verschlinge. Anschließend entschlacke ich wieder, indem ich Biohirse, abgeschmeckt mit Umeboshi, und Algen aus dem Toten Meer verzehre, anstatt mir eine ordentliche Portion Pasta oder eine leckere Pizza Margherita zu gönnen, und am Monatsende bettle ich um Almosen. Gewöhnlich bei meiner Mutter oder meinem Vater. Was erklärt, warum mein Verhältnis zu ihnen trotz des weitgehenden Verzichts auf Milch und Hefe immer noch äußerst angespannt ist.

Alle Scharlatane dieser Welt stehen bei mir tief in der Kreide, weil ich sie praktisch finanziere. Die Besitzer von Shoppingkanälen küssen jeden Abend vor dem Schlafengehen mein Foto. Ich weiß, dass die Drogistin von meinem Geld in Urlaub fährt. Und meine Therapeutin vor Lachen kaum stillhalten kann, während der Freund ihr Dom Pérignon in den Bauchnabel gießt: »Ha, ha, ha, auf die gute alte Pulsatilla.«

Dann gibt es eine ganze Abteilung *amoralischen* Konsums, damit mir auch wirklich nichts entgeht. Ich kaufe Bücher, die ich nicht lese, kaufe CDs, die jahrelang in ihrer Zellophanhülle auf einem Regal ruhen dürfen (neulich habe ich mir Verdis sämtliche Werke zugelegt, werde ich nie im Leben hören), im Kühlschrank liegt eine Packung Pralinés mit Cremefüllung, sündhaft teuer und im Übrigen gar nicht mein Geschmack, aber sollte jemand auf einen Kaffee vorbeischauen, zack, stelle ich sie auf den Tisch, das macht was her und keine Arbeit. Und so geht das immer weiter. Kleine Alltagsspinnereien, die mein Konto belasten und mir ein wohliges Gefühl von Wohlstand geben.

Neben dem sinnlosen Konsum ersten Typs (moralisch) und dem sinnlosen Konsum zweiten Typs (amoralisch) gibt es einen Rest, der dem unerfahrenen Betrachter vernachlässigbar erscheinen mag. Aber es gibt ihn. Und er wird offensichtlicher, wenn man sich der *Körperpflege* zuwendet, einem Kostenfaktor, der vielleicht die abgründigsten und heillosesten Finanzlöcher reißt und mit dem heiligen Franziskus natürlich rein gar nichts zu tun hat. Das fängt an beim Schminken, einer Leidenschaft, die sich meiner zu Beginn der Mittelstufe bemächtigte.

Eines Abends fiel mir nämlich das Schminktäschchen meiner Mutter in die Hände, in dem sich sämtliche Werbepröbchen der Frauenzeitschriften wiederfanden, die sie jemals gekauft hatte: fuchsiafarbener Lidschatten, azurblauer Lidschatten, wassergrüner Lidschatten, ein nach Vogelfutter stinkender Puder, halb vertrocknete Wimperntusche, ein Lipgloss mit Himbeergeschmack und dazu zerrupfte Pinselchen – das Ganze in ausreichender Menge, um alle Pädophilen im Umkreis von fünfzig Kilometern anzulocken, sobald ich vors Haus getreten wäre. Im zweiten Jahr der Mittelstufe informierte ich meine Familie, dass ich Kosmetikerin werden wollte, aber niemand nahm mich ernst: »Das will ich sehen«, kommentierte meine Mutter gelassen. Sie selbst hatte einen Summa-cum-laude-Abschluss in Altphilologie und Archäologie und hatte für mich eine strahlende Zukunft als wissenschaftliche Hilfskraft an der Uni vorgesehen.

Sie irrte sich.

Mit sechzehn wurde ich Herbalife-Promoterin.

Herbalife verkauft nicht nur die berüchtigten Vanilledrinks zur Gewichtskontrolle, sondern hält auch ein reiches Sortiment an Kosmetika bereit, die ich begeistert meinen Kundinnen unterzujubeln versuchte: »Schauen Sie«, erklärte ich der Frau vom Zahnarzt meiner Mutter, »wenn Sie das Gesichtspeeling nehmen, gebe ich Ihnen unsere neue Mascara gratis dazu.« Meine Mutter blickte mich bestürzt an, ich sah förmlich den Traum der wissenschaftlichen Hilfskraft vor ihren Augen zerplatzen. Endgültig brach ich ihr dann das Herz, als ich in Sektlaune nach Hause kam, weil ich in der Vertreterhierarchie einen Rang aufgestiegen war. Ich trug eine runde Anstecknadel mit der Aufschrift: »Möchtest du abnehmen? Frag mich!« Ich stellte mein Köfferchen auf den Tisch und bat sie, sich mit mir den Werbefilm anzuschauen, der darstellte, wie schnell man es als Herbalife-Beraterin zu einem eigenen Hubschrauber bringen könne: »Du solltest lieber studieren«, sagte sie bitter. Doch sie glaubte selbst nicht mehr daran. Ich war verloren. Für immer. Ich war Herbalife.

Die Herbalife-Episode endete nach wenigen Monaten, weil sich die Beziehung zu meiner Vorgesetzten, die nur wenig älter war als ich, stetig verschlechterte. In kürzester Zeit waren wir zwei übergewichtige kleine Wildsäue, denen man nichts mehr abkaufte, die ständig stritten und nervös einen Proteinriegel nach dem anderen aufrissen. Wie in diesen amerikanischen Spielfilmen, in denen zwei reich gewordene Tellerwäscher vollgepumpt mit Koks auf einer Jacht sitzen und sich gegenseitig anpampen: »Hey, Freundchen, ich sagte, ich will noch einen Proteinriegel, schließlich hab ich uns all das besorgt.«

Immerhin verhalf mir dieser Job zu umfassenden Erfahrungen auf dem Gebiet der Kosmetik, die meinem Leben ein wenig Glanz verliehen. Jeden Morgen trommelte meine Mutter an die Badezimmertür: »Was machst du eine geschlagene Stunde da drinnen?« Ich war nun eine Frau, ich musste mich um meine Haut kümmern. Ganz ruhig erwiderte ich: »Eine Dermajetic Balance Mystic Mask.« Klar, meine Haut brauchte eine Mystic Mask.

So. Wenn wir zusammenrechnen wollten, wie viel eine Frau für Hautpflege ausgibt, stünde am Ende eine dieser unfassbar hohen Zahlen, etwa vergleichbar mit »wie viele Minuten dauert ein Leben« oder »wie oft würden unsere Blutgefäße die Welt umrunden, wenn wir sie hintereinanderlegen würden«. Zählen wir also nur kurz die Eckdaten auf.

Die erste Regel lautet: Feuchtigkeit zuführen. Feuchtigkeit, das weiß jedes Kind, ist grundlegend. Es gehört zu deinen Pflichten als Frau, dir Feuchtigkeit zuzuführen, sonst bist du keine. Es ist daher völlig unzulässig, eine x-beliebige Creme zu kaufen, es muss schon eine Feuchtigkeitscreme sein, aber bitte nicht rückfettend, sondern wenn möglich adstringierend gegen unreine und großporige Haut. Auf keinen Fall unter zwanzig Euro. Du kannst auch nicht irgendeine Reinigungsmilch nehmen, du musst dir einen Nährbrei ins Gesicht schmieren, der in meinem Fall achtunddreißig Euro kostet. Und natürlich darfst du nicht normales Wasser benutzen: Kalkhaltiges Wasser entzieht Feuchtigkeit (Wasser, das Wasser entzieht, Absurditäten der modernen Welt), du brauchst ein Tonic. Wieder fünf Euro. Dann das kühlende Gel für die Augenpartie. Und wenn du dir wirklich etwas Gutes tun möchtest, musst du dich aufs Bett legen und dir eine Eismaske aus dem Kühlschrank auflegen, die normalerweise nach Lauch und Kabeljau stinkt.

Zweitens müssen wir über das Make-up reden.

Ein Hauch Aloe-Vera-Gel zur Hautberuhigung. Dreizehn Euro. Eine Lage Creme zum Decken obendrauf. Oder eine Grundierung. Oder beides. Fünfundzwanzig Euro. Dann der Concealer gegen Augenringe. Klar, Anna Magnani waren ihre Augenringe schnuppe; aber leicht ist das nicht. Sich eine Tube Concealer zu kaufen hingegen ist kinderleicht. Sieben Euro. Dann der Puder. Ab da verliert man allmählich den Überblick. Kajal auf, unter und ins Augenlid. Pinsel zum Verwischen. Flacher Pinsel für die Lidspalte. Lidschatten fürs Lid, Lidschatten zum Abdunkeln des Lids, Lidschatten für den Lichtpunkt unter der Braue. Mascara. Rouge. Konturenstift und Lippenstift. Aufheller auf dem Wangenknochen: violett. Wimpernbürstchen, Wimpernzange, Stift und Gel für die Augenbrauen. Das sinnloseste Gerät nach der Wimpernzange – es liegt in meinem Beautycase, keine Ahnung, wann, wo und warum ich es gekauft habe – hat nicht einmal einen Namen, was seine Sinnlosigkeit noch unaussprechlicher macht. Es ist ein weicher Gummistempel, mit dem man massierend die Gesichtspartien abklopft.

Und schon wären wir bei der dritten Regel, die da lautet: Du bist pleite.

Das I-Ging

Wenn ich mich in schwierigen Situationen befinde und nicht mehr ein noch aus weiß, konsultiere ich in der Regel das I-Ging. Man weiß nicht wirklich, wer es verfasst hat. In meiner Vorstellung jedenfalls hat der Autor einen lang herabhängenden Schnurrbart und Freizeit in rauen Mengen.

Wirft man die Münzen des I-Ging, ergeben sie eine Nummernkombination, die auf eine der vierundsechzig Hexagramme verweist und in ganz hypothetischer Form jene Frage beantwortet, die man zuvor gestellt hat.

Es gibt eine ganz besondere Form der Frustration, die einem in dieser Art nur das I-Ging verschaffen kann. Masochisten wie wir leben für solche Momente. Nehmen wir mal an, du möchtest einfach nur rausfinden, ob dein Typ dich liebt oder nicht, und stattdessen bekommst du es mit heidnischen Parabeln zu tun, die dir etwas von Schweinen, Fischen und fliegenden Kühen erzählen. Der I-Ging-Experte wendet nun natürlich ein, dass die Kühe Metaphern darstellen, Metaphern für eine höhere Idee. Aber wenn wir Metaphern gewollt hätten, hätten wir uns die hermetischen Gedichte von Giuseppe Ungaretti oder Eugenio Montale gekauft, stimmt's? Wir erwarten eine deutliche Antwort, klar und befriedigend. Schaffe ich die Prüfung nun oder nicht? Kriege ich Maria ins Bett oder nicht? Keine Metaphern, Fakten!

Ich bin eine manische Nutzerin des I-Ging, was mir mit den Jahren zu einem meisterlichen Umgang mit diesem Medium verholfen hat. Ich kann daher bestätigen, dass es in der Welt eine große Zahl potenzieller Nutzer gibt, die aus Unwissenheit, Skepsis oder (absolut gerechtfertigter) natürlicher Abneigung heraus die von Richard Wilhelm übersetzte Ausgabe ablehnen (zweifellos ein tüchtiger Herr, ein ganz umsichtiger Mensch und herausragender Sinologe, der aber in dem, was er schreibt, leider absolut bruchstückhaft bleibt). Seit Langem hege ich die Idee, die Worte des I-Ging den Massen zugänglich zu machen, indem ich eine Bedienungsanleitung für Teenager, Skeptiker und Quasianalphabeten schreibe. Da das den vorgegebenen Rahmen sprengen würde, beschränke ich mich an dieser Stelle darauf, euch auf drei grundlegende Tricks hinzuweisen, mit denen ihr das I-Ging zwingen könnt, auf den Punkt zu kommen.

1. Formuliert die Frage in der Wortwahl des schnurrbärtigen Meisters. Anstatt beispielsweise zu fragen: »Steigt Maria mit mir in die Kiste?«, solltet ihr lieber fragen: »Ist der Moment günstig, bei Maria um ein Stelldichein zu bitten?« Das Buch wird dir sagen: »Günstig ist die Beharrlichkeit« oder »Große Gesundheit!« oder »Unglück!«, jede beliebige Antwort wird verständlicher sein, wenn ihr die Frage im Stil des neunzehnten Jahrhunderts formuliert.

2. Stellt niemals dieselbe Frage zweimal, sonst empört sich das Buch und antwortet falsch, indem es euch auf Hexagramm 4 verweist (»Die Jugendtorheit«), womit es euch praktisch zum naiven Arschloch abstempelt.
3. Stellt niemals eine Frage, wenn ihr die Antwort darauf schon kennt, denn der Meister wird sich aus Ärger über die unnötige Belästigung an euch rächen, indem er eine Antwort gibt, die nichts mit der Sache zu tun hat. Einmal habe ich ihn gefragt, ob mein Ex mich noch liebt (dafür hätte ich die Chinesen nicht zu bemühen brauchen, da mir die Antwort schon von dem Betroffenen selbst auf verschiedene und demütigende Arten reingereicht worden war), und das I-Ging erwiderte tatsächlich: »Das Erschüttern bringt Gelingen. Das Erschüttern kommt: Hu, hu! Lachende Worte: Ha, ha! Das Erschüttern erschreckt hundert Meilen, und es lässt nicht Opferlöffel und Kelch fallen.« Natürlich verbrachte ich die nächsten drei Wochen damit, unwahrscheinliche Parallelen zwischen meinem Ex und dem Erschüttern des Kelchs zu suchen. Es gab keine. Ich rief ihn an, und er schickte mich zum x-ten Mal zum Teufel.

Fitness

Mit einem kläglichen Umhängeschild mit der Aufschrift »Gast« um den Hals wanderte ich verloren durch das *Planet*, um mein sportliches Talent unter Beweis zu stellen.

Ich war über einen Umweg an das Fitnessstudio geraten: Ich wusste, dass hier Kurse für Kundalini-Yoga angeboten wurden, und hatte mich informieren wollen. Beim Durchschreiten des metallisch glänzenden Drehkreuzes war ich mir am Vortag vorgekommen wie Alice im Wunderland. Säle, Teppiche, Spiegel, Getränkeautomaten, modisch gekleidete Typen, coole Hip-Hopper, angesagte Musik, blendend aussehende Empfangsdamen, Mitgliedsausweise, die einem exklusive Türen zu weiteren Sälen mit Spiegeln, Getränkeautomaten und modisch gekleideten Typen öffneten. Eine innere Liza Minnelli begann leise für mich *I wanna be a part of it* zu singen, und unter einem Trommelwirbel ging ich zielstrebig auf die Rezeption zu, um mir das Anrecht auf eine Mitgliedschaft in Gold zu sichern.

Meine Vorstellung von Fitnesscentern hatte sich in den Jahren zuvor aus nicht gerade liebenswürdigen Erinnerungen gespeist. Als ich sechs war, suchte meine Mutter an drei Nachmittagen in der Woche eine muffige Turnhalle auf, wo sie mit anderen korpulenten und frustrierten Damen wie sie, allesamt Brillenträgerinnen, unter Anleitung der gestrengen Signora Marina Gymnastik machte. Um sich weniger allein zu fühlen, schleifte sie ihre arme Nachbarin mit dorthin sowie ein unschuldiges Kind in Gestalt der Unterzeichneten. Ich erinnere mich an die Hin- und Rückfahrten im ächzenden Fiat 126, strömender Regen flutete über die Heckscheibe, wir erreichten die Umkleideräume mit verdreckten Schuhen. Weit und breit keine Musik, nur der penetrante Geruch nach Gummi und Staub. Ich setzte mich in eine Ecke und spielte mit meinen Puppen, bis Mama fertig war, dann fuhren ich, meine Mutter und die Nachbarin wieder nach Hause, drei Trauerklöße in einer Schrottlaube. Die norwegische Selbstmordatmosphäre, die diese Räumen beherrschte, hatte mich zu der Gleichung Fitnesscenter = Demütigung gebracht. Mein extremes Misstrauen sportlicher Betätigung gegenüber hatte in den Grundschul- und Mittelstufenjahren weitere Nahrung erhalten, als ich aufgrund meiner Statur (kaum einen Meter dreißig) ununterbrochen von meinen Mitschülern gehänselt wurde und sich mir, um nur ein Beispiel zu nennen, schon beim Anblick eines Basketballkorbs der Rückenwirbel ausrenkte. In der Oberstufe dann verfestigte sich meine Abneigung gegen Sporthallen und Co. durch den düsteren Verschlag von Turnhalle, in den wir zweimal die Woche getrieben wurden.

Die unerwartete Läuterung erfolgte genau in dem Moment, als ich den Fuß ins *Planet* setzte, in diesen gestylten Hochglanzpalast, wo sich die Crème de la Crème der Foggianer Forza-Italia-Jugend versammelte.

Was mich am meisten irritierte, war mein Spiegelbild, das mich auf Schritt und Tritt verfolgte: Omnipräsente Spiegelflächen warfen meine Gestalt hundertfach in jeden

Winkel des Raums. Ein rotgesichtiger Typ war ganz in das Stemmen seiner Hantel versunken und drohte jeden Moment zu explodieren. Neben ihm lagen drei oder vier weitere Typen, die tierische Laute von sich gaben. Ich schaute sie halb ratlos, halb beunruhigt an. Ein Gartenzwerg mit gefährlich geschwollenem Bizeps bemerkte das, legte mir väterlich den Arm um die Schulter und erging sich in einer einführenden und aufmunternd gemeinten Tirade zum Thema Fitness. Er war ein Personal Trainer – sagte er – und würde mich darin unterstützen, das für mich passende Trainingsprogramm zu finden. *Nun* war ich in seinen Händen. *Das* war die wahre Bedeutung des Begriffs Sport. *Er* würde dafür sorgen, dass ich abnahm. Bla bla bla. Ich hörte seinem Vortrag nur deshalb weiter zu, weil er den Ausdruck *lipolytische Aktivitäten* benutzte, worunter ich anfangs *politische Aktivitäten* verstand: Ich wurde neugierig und wollte wissen, worum es sich dabei handelte.

Dass man hiermit keine Polis regieren konnte, wurde mir klar, als ich mich rücklings auf einem Liegerad wiederfand und mir, wiederum aufgrund meiner extremen Zwergwüchsigkeit, einen Hüftknochen ausrenkte beim Versuch, mit dem Bein die Pedalbewegung auszuführen. Ich gab auf. Hinkend folgte ich meinem Mentor zum Stepper, einem weiteren nützlichen Gerät im Auftrag der Fettverbrennung. Naiv, wie ich bin, dachte ich, wenn ich mein Gewicht auf die linke Trittfläche lege, würde die rechte schon hochgehen, was die Essenz der Idee des Radelns war: nein. Die Trittflächen gingen beide nach unten, sie versanken sozusagen. Ich stieg sofort wieder ab. »Dann versuchen wir es eben mit dem Laufband«, schlug der Trainer vor (*wir*, als ob er mehr tun müsste, als mich auf die Matte zu stellen und einen Knopf zu drücken). Voller Misstrauen stieg ich aufs Band und begann zu laufen. Nach kurzer Zeit merkte ich, dass ich nicht absteigen konnte, dass ich in einer Art Hamsterrad gefangen war und Angst in mir aufstieg. Wir stoppten die Maschine, und während ich mir wie weiland Rocky die schweißnasse Stirn abwischte, beschloss ich, dass meine politischen Aktivitäten hiermit ein Ende hatten.

Mein supermuskulöser Personal Trainer (vor lauter Muskeln konnte er seine Arme gar nicht richtig senken) führte mich zu dem Raum mit den Gewichten. Das hier ist für die Brustmuskeln, sagte er verächtlich und zeigte mir, wie das fragliche Gerät funktionierte. Er hegte für mich grenzenlose Geringschätzung, das sah ich genau. Das ist für den Trizeps, fuhr er fort und trat zu der daneben stehenden Maschine. Wir ließen nacheinander alle Folterapparate Revue passieren. Ein Ding mit zwei Stangen zum Festhalten weckte meine Neugier. Ich fragte, was das sei. »Ah, das ist ein sehr komplexes Gerät«, erklärte mir Umpa-Lumpa und streichelte das sehr komplexe Gerät, »möchtest du es ausprobieren?« Es sah aus wie ein Stepper, war aber keiner, denn die Pedale bewegten sich nicht auf und ab. Sie liefen rund wie bei einem Fahrrad, beschrieben aber keinen Kreis, sondern ein Oval. Man hatte das Gefühl, auf Schnee zu laufen oder Weintrauben zu stampfen. Dann gab es zwei Bretter, ein bisschen wie Skier, die man hebelartig vor und zurück bewegen musste. Ich begriff nicht, was der Punkt daran war: Das Liegerad simuliert ein Fahrrad, das Laufband das Joggen; der Stepper simuliert Treppenstufen; aber was simulierte dieses Ding hier? Nichts. Es war eine Kreuzung aus Tiefschneeski und Traubenpresse. Eine Kelter mit Tiefgang. Das überzeugte mich nicht. Ich stieg ab.

An diesem Punkt verließ mich mein Trainer: Nun konnte ich tun, was ich wollte, und spontan meinen narzisstischträgen Trieben nachgehen. In Wirklichkeit wollte ich hier gar nichts, ich wollte einfach nach Hause gehen, mir ein Sandwich genehmigen, ein Bier aufmachen, pupsen und *South Park* gucken. Aber ein Fitnesscenter ist ein komischer Ort, an dem man komische Dinge tut. Du kannst nicht sagen, du hasst es, ohne einige Schichten blasses Fleisch und Speckrollen zu zeigen, und du kannst nicht sagen, du liebst es, ohne zuzugeben, dass du verzweifelt versuchst, davon loszukommen.

Das Eintreten in den Teufelskreis der Fitness erfolgt genau dann, wenn du zum ersten Mal sagst, du bist dick oder auf Diät. Anfangs glaubst du selbst nicht wirklich, es ist so etwas wie eine rhetorische Redensart: Du bezeichnest dich als dick, und weil du es nicht bist, stimmt dir niemand zu. Ich zum Beispiel habe so ungefähr mit zehn Jahren damit angefangen, zu behaupten, ich sei dick, einfach so, um mich erwachsen zu fühlen. Dann, eines schönen Tages, begegnest du jemandem, der dir recht gibt, der dich kurz mustert und dann sagt, dass du eigentlich nicht wirklich dick bist, sondern nur ein bisschen Sport gebrauchen könntest. Einminütige Panik. Du merkst es nicht sofort, aber dein Leben hat eine Wendung genommen, dein Nichtdünnsein wurde bestätigt, deine Unvollkommenheit ist Fakt, dein Körper wird zum Problem, Ende der Kindheit. Du bist fertig. Du meldest dich im Fitnessstudio an und marschierst mit einer Magnetkarte in das Reich des Never-ending-Workouts.

Nach dem harten Training beschloss ich, mich endlich mit Sauna zu belohnen, worauf ich mich schon seit vierzig

Minuten freute. In ein winziges Handtuch gewickelt, betrat ich den Schwitzraum. Das Empfangskomitee bestand aus vier aufgestellten Schenkeln samt den dazugehörigen Muschis. Ich fragte, ob sie ein bisschen rücken könnten. Leicht genervt rutschten die Damen zusammen. Freundlich breitete ich mein Handtuch aus, um dann ebenfalls – mich den Gepflogenheiten anpassend und leicht verlegen hüstelnd – meine *private parts* in die Luft zu recken. Saunen ist einfach peinlich, denn den Busch der anderen anzustarren ist unhöflich, also musst du an die Decke gucken oder die Augen schließen oder deinen eigenen Busch anstarren. Dabei finden die Leute Aufzug fahren schon unangenehm.

Als klar wurde, dass kein Gespräch im Gange war, versuchte ich, eins anzufangen.

»Man kommt ganz schön ins Schwitzen, was?«

Das konnte auf zwei Arten ausgelegt werden: Im Studio kommt man ins Schwitzen, weil man sich so anstrengt, dafür kann man sich jetzt glücklicherweise ausruhen. Oder aber: In der Sauna ist es heiß. Ein kluger Satz, mehrdeutig, eine gute Eröffnung, fand ich. Er wurde ignoriert. Eine der beiden Damen, die wohl höflich sein wollte, zeigte mir ein aus Zahnfleisch bestehendes Lächeln.

Es folgten Minuten, in denen die Anspannung hackebeildicht in der Luft lag.

»Ich gehe gleich raus«, informierte uns die andere Dame.

Zahnfleisch, Zahnfleisch. Weitere Minuten verkrampftes Schweigen.

»Jetzt bin ich seit einer halben Stunde hier und habe immer noch eiskalte Füße«, meldete sich nach einer Weile die erste.

Das war der lustigste Satz, der bisher gefallen war, es gab also sozusagen die moralische Verpflichtung, ein wenig zu lachen. Wir lachten. Die Anspannung schmolz langsam dahin. Und ich ebenfalls. Ich ging hinaus.

Nun blieb mir nur noch das türkische Bad, dann konnte ich endlich abdampfen. Ich öffnete die Tür und ging hinein.

Unvermittelt tappte ich durch Nebelschwaden:

»Hallo«, sagte der Geist der Geist der gegenwärtigen Weihnacht.

»Hallo«, erwiderte ich mit hallender Stimme.

»Ich bin hier.«

Ich drehte mich um: In der Ecke sah ich eine hinter Schwaden verborgene Frau. Ich griff nach ihr und versuchte, sie schärfer zu sehen, erkannte ihr leutseliges Gesicht und lächelte ihr ermattet zu, während ich mich an der Wand entlang zu ihr hinüberschob. Ich wusste nicht, was ich dort sollte, auch weil sich in meinem Kopf allmählich alles zu drehen begann. Bei all dem Nebelhauch bekam man das Gefühl, in einem Traum zu sein. »Fühlt sich an wie im Traum«, sagte ich und stürzte betont lässig kollabierend zu Boden. *Bumm*, mit dem Gesicht direkt in eine Pfütze. Und so ging mein erster Trainingstag im *Planet* würdig zu Ende. Der Wellnessplanet.

Das Erste, was ich erblickte, als ich die Augen wieder aufschlug, war – Ironie des Schicksals – der Busch von der Dame, die versuchte, mich wieder zu mir zu bringen, indem sie an meinen Knöcheln zerrte. Ich sah mich um und sah noch einige Büsche mehr, schweißbeperlt. Sie schleppten mich an Händen und Füßen in den Ruhebereich und halfen mir, mich langsam aufzurichten. Ich war verschwitzt wie ein Callgirl nach der Arbeit.

Als ich eine Stunde später das Studio verließ, traf ich das Mädchen vom Empfang, die gerade Feierabend machte:

»Wie war's?«

»Gut.«

»Hat's dir gefallen?«

»Ja, sehr.«

»Hast du Massimo kennengelernt?«

»Wen?«

»Den Personal Trainer.«

»Ach so. Ja, klar.«

»Und, wirst du Mitglied? Für Studenten kostet die Mitgliedschaft nur vierhunderttausend Lire.«

»Ich überleg's mir.«

Ich überlegte nicht eine Sekunde lang.

»Tschüss dann.«

»Tschüss dann!«

An jenem Abend aß ich wie eine Boa. Meine Mutter sah zu, wie ich ohne mit der Wimper zu zucken eine Schüssel Pasta bolognese und zwei Scheiben Thunfisch verschlang. Wie auf Eiern wegen der Schmerzen lief ich grußlos in mein Zimmer und plumpste mühlradschwer in die Kissen, wo ich zugleich mit mir meine viel versprechende Fitnesskarriere niederlegte.

Am Ende meldete ich mich für Kundalini-Yoga an, was nebenbei bemerkt das Doppelte kostete.

Zellulitisbehandlungen

Mit knapp sechzehn stellte ich fest, dass ich Orangenhaut hatte. Ich fing an, vor jeder auch nur entfernt reflektierenden Fläche die Pobacken zusammenzukneifen: vor Spiegeln, vor der Balkontür, vor der Theke in der Strandbar, und was ich sah, war eindeutig: Dellen, Wellen, Streifen. Ich ließ mir nichts anmerken, aber innerlich litt ich Höllenqualen.

Achtundneunzig Prozent aller Frauen haben Zellulitis: Sie zu bekämpfen gleicht kollektivem Selbstmord, statistisch betrachtet. Viel mehr Sinn ergäbe es, wenn die übrigen zwei Prozent eitlen Tussis sich jeweils ein Kilo Orangenschalen unter die Gesäßepidermis implantieren ließen, anstatt unsereins lebenslänglich verrückt zu machen. Was die Männer nicht wissen, ist, dass alle Frauen gegen die Zellulitis kämpfen. Einmal, als mein Freund in meinem Zimmer herumkramte, hielt er mir plötzlich eine Tube Antizellulitiscreme vors Gesicht, als wolle er sagen: Wozu brauchst *du* das denn? Als wäre es ein Tierkadaver oder ein Gummischwanz (den ich übrigens seit vorgestern besitze, Geburtstage sind toll). Das nur, um endlich mal mit dem Vorurteil aufzuräumen, nur reiche und verwöhnte Frauen fänden Zeit für solche Albernheiten. Falsch. Jede Frau mit unteren Extremitäten ist im Besitz einer Tube Antizellulitiscreme.

Der Zellulitiswahn geht quer durch alle Schichten und achtet weder auf Einkommensklasse, politische Überzeugung, Bildungsgrad noch auf geografische Breite. Nicht einmal das Alter spielt eine Rolle, die erste Tube kauft frau sich mit ungefähr fünfzehn, und die letzte steht immer noch im Badezimmerschränkchen, wenn die Würmer schon über unseren Grabstein kriechen. Ihr Männer: Wenn eure Frauen sich migränegeplagt die knackenden Halswirbel reiben und irgendetwas von einer Antistressmassage murmeln, wo sie nachmittags hingehen würden, glaubt ihr wirklich, dann ginge es um Stressabbau? *Come on.* In welcher Welt lebt ihr? Ich kenne keine einzige Frau, die je in ihrem Leben eine Antistressmassage gemacht hätte. Antistressmassage ist bloß eine Umschreibung in unserem Soziolekt. Denn sobald wir bei der Kosmetikerin ankommen und der Vorhang fällt, endet das Salontheater, und wir begeben uns in die Hände einer hochbezahlten Masseurin, um uns die Schenkel martern zu lassen. Mit blutunterlaufenen Augen liegen wir in Gebärstellung und feuern sie auch noch an: Da! Da tut's weh! Mach schon! Mehr!

Doch bevor wir noch tiefer in die fantastische Welt der Zellulitisbekämpfung eintauchen, wollen wir einen genaueren Blick darauf werfen, was die berühmte Orangenhaut überhaupt ist.

Zellulitis ist wie die Mafia. Es gibt sie gar nicht. Sie ist eine bloße Erfindung. Oder besser gesagt, es gab sie schon immer, aber – man höre und staune – zehn Millionen Jahre lang hat sich niemand an ihr gestört. Als würde man morgen beschließen, den kleinen Äderchen im Auge einen Namen zu geben, was weiß ich, Blutolitis vielleicht, um dann dreieinhalb Milliarden Menschen davon zu überzeugen, sich die Augenhöhlen auszukratzen. Die Angst vor der Orangenhaut ist eine Epidemie, die sich ausschließlich im Kopf abspielt und über Magazine und Fernsehen verbreitet wird. Sie ist ein Betrug auf der ganzen Linie: Ein an sich neutraler Teil unseres Körpers, wie Busen, Haare und Augenbrauen, wurde mit einer negativen Bedeutung belegt, einzig und allein mit dem Ziel, uns zum Kauf neuer Produkte zu animieren, für die es vorher keinen Markt gab. Mit anderen Worten: Es handelt sich um die künstliche Generierung eines Bedarfs, der dann mit dem Verkauf stinkender Pasten befriedigt wird.

Zellulitis ist also keineswegs die Folge schlechter Ernährung, wie man uns glauben machen will, sie ist das Ergebnis einiger Dutzend dröger Meetings irgendwelcher Marketingabteilungen. Wie haltlos dieser Kampf gegen die Orangenhaut ist, beweist allein der Umstand, dass du nur die Haut meiner zehnjährigen Cousine zusammenzwicken musst, und schon ist die Orange da. Nun mag man einwenden, das arme Cousinchen leide eben unter schlechter Durchblutung. Doch ich frage mich, warum man etwas schlecht nennt, das von Natur aus so ist. Die Durchblutung ist nicht schlecht. An schlecht durchbluteten Hinterbacken ist noch niemand gestorben, und die Frauen haben Jahrtausende mit der physiologischen Selbstverständlichkeit gelebt, dass manches Gewebe weniger durchblutet ist als anderes. Die Frauen auf den Gemälden des achtzehnten Jahrhunderts waren wohlbeleibte Damen mit Doppelkinn, und sie schienen recht zufrieden mit sich zu sein. Als die ersten Leinwandakte auftauchten, störte sich niemand an den Zellulitisdellen auf den Schenkeln der Damen. Gut gelaunter Damen, die ganz entspannt im Gras picknickten, bequem auf ihren Speck gebettet. Was ist schon dabei? Schlagt als Gegenentwurf mal eine x-beliebige Frauenzeitschrift auf. Ausgemergelte Models mit Killerblick, die eisig ins Leere starren, zu unbequemen Stellungen verrenkte Mädchen, Überlebende wer weiß welches Vernichtungsfeldzugs oder zu Tode erschrocken über das dramatisch bevorstehende Weltende. Aber nicht die Spur von Orangenhaut.

Ihr müsst euch entscheiden.

Allen schönen Worten zum Trotz beschloss ich, dass es an der Zeit war, mein Sparschwein zu schlachten. Mit meinem Häuflein Münzen marschierte ich auf direktem Weg in den nächsten Schönheitssalon. Wie Perry Mason *himself* hielt ich meinen Einzug in perfekter Regenmantel&Sonnenbrillencamouflage. Ich war sechzehn und sah aus wie eine unglücklich Geschiedene am letzten Prozesstag. Eine schlanke junge Dame mit Intelligenzquotient 16 empfing mich und erläuterte mir sämtliche Behandlungen, die mein Problem lösen könnten (»Problem? Ich habe kein Problem« – anfangs stritt ich noch alles ab, genau wie Alkoholiker). Am Ende schuftete ich Tag und Nacht als Kellnerin in einem Pub, um mir den gesamten Behandlungszyklus von Schmiermichan® leisten zu können.

Das Schmiermichan®, welches mein Schönheitssalon exklusiv für mich bereithielt, war umfangreich, und ein paar Sachen davon waren wirklich angenehm. Zum Beispiel:

Der Shuttle. Du steigst in eine Art Mondanzug, der von innen mit einer stinkenden Paste bestrichen ist, und lässt dich dann in einen Sarkophag stecken, um zu schwitzen.

Ich habe keine Ahnung, wozu das gut sein soll, aber es existiert. Vielleicht wird man dadurch auf einen Planeten mit höheren Intelligenzen gebeamt, wo Zellulitis aus naheliegenden Gründen kein Problem ist.

Der Laser. Eine freundliche Dame führt einen Stift über dein Bein, man durchschaut nicht, nach welchem Muster, wahrscheinlich schreibt sie Zufallswörter wie »arme Irre« oder so was. Aus dem Stift kommt ein Laserstrahl, der dir die Arschbacken wärmt. Wenn du deine Jeans wieder anziehst, brennt dein Hintern, und du trittst zufrieden auf die Straße.

Die Creme. Zeitlos. Das Chanel N° 5 im Kampf gegen die Einlagerungen. Du schmierst dich damit ein, der Po erwärmt sich kein bisschen, alles ist wie vorher, aber du bist zufrieden, und das ist die Hauptsache.

Fango. Komplizierte Variante der Creme. Wenn du die Dose öffnest, fallen die Fliegen tot zu Boden, und deine Zimmerpflanzen verwelken, weil der Geruch jedes lebendige Wesen zu vernichten vermag, außer dich, die du vom Kampf gegen die Unvollkommenheiten deines Körpers total immun bist. Mit einem praktischen kleinen Spachtel oder den bloßen Händen beginnst du, das eklige Zeug, das nicht zufällig Fangoschlamm heißt, auf die kritischen Stellen zu schmieren, dann wickelst du dich wie eine Mumie in Zellophan ein und verharrst so eine gute halbe Stunde. Du kannst nichts machen, denn sobald du dich erhebst, hörst du das leise *tschk tschk* deiner aneinanderreibenden Schenkel, und du verpestest die Atmosphäre, wo du auch hintrittst. Weil es so juckt, fluchst du bei allen Heiligen des Kalenders. Wenn du die Pampe endlich abwäschst, bist du so erleichtert, dass es die Sache allein deshalb schon wert war.

Die Massage. Eine Massage sollte eigentlich etwas Angenehmes sein, oder? In Wirklichkeit ist es so: Je schmerzhafter sie ist, desto überzeugter bist du, dein Geld richtig angelegt zu haben. Wir sollten uns ehrlicherweise fragen, wo dieser ganze Masochismus eigentlich herrührt. Als ich im Übrigen die erste Massage meines Lebens hinter mir hatte, vor ungefähr zehn Jahren, wies meine Kosmetikerin mit spitzem Finger Richtung Knie und sagte: »Wenn du die Behandlung abbrichst, wird das da unten Zellulitis, das kann ich dir gleich sagen.« Seitdem betrachte ich jeden Morgen sorgenvoll mein Knie. Bisher hat sich nichts getan.

Das Infrarotfahrrad. Der Name klingt nach Fantasy, so was wie Fuchur der Glücksdrache. Aber weit gefehlt. Du radelst im Liegen, während seitlich ein knappes Dutzend kleiner Strahler dein Körperfett beleuchtet. Du fühlst dich im wahrsten Sinne des Wortes wie ein richtig fetter Star.

Der elektrische Stuhl. Du wirst mit Elektroden gespickt, und die lächelnde Assistentin von Schmiermichan® versetzt dir kleine Stromschläge. Sollten die Marsmännchen zufällig in einem Kosmetiksalon landen, würden sie ihn für einen Folterkeller halten. Die Menschenweibchen werden mit Elektroschocks gequält und bleiben gefesselt und reaktionslos auf einer Liege liegen, dazu verdammt, *Gala* und *Grazia* zu lesen. Nun müssten wir ihnen nur noch sagen, dass diese Folter zwei Drittel unseres Monatseinkommens verschlingt, dann würden sie den Planeten Erde vernünftigerweise in die Luft jagen.

Der Tee. Antizellulitistees sind allein an ihrem Geruch zu erkennen. Deren Zusammensetzung ist in dieser Hinsicht ein Meisterwerk. Absolut ungenießbar. Betrachtet man den Antizellulitistee par excellence, ist er eine Komposition der ekligsten Pflanzen dieser Erde. Wenn du eine bitter dampfende Tasse vor dir hast, spürst du, dass Gott dir etwas sagen möchte: *Gegen Zellulitis anzukämpfen ist nicht der Wille des Himmels*. Aber du trinkst ihn trotzdem, denn in deinem tiefsten Innern hasst du dich selbst, und das war uns vorher schon klar.

Slip

Das Wort »Slip« ist nicht etwa irgendein harmloser Anglizismus, es ist ein die Banalität des Realen verschleiernder Euphemismus für das, was man gewöhnlich unter der Hose trägt: die Unterhose. Ich finde, man sollte das Kind beim Namen nennen. Ich jedenfalls sage nur noch Unterhose, das ist dichterische Freiheit.

Die Unterhose spiegelt deutlich den der Frau wesenseigenen, genetisch bedingten Masochismus wider. Theoretisch müsste sie aus einem weichen, anschmiegsamen Baumwollstoff sein, dem man beruhigt sein kleines Dreieckspaketchen anvertrauen kann. In der Realität aber ist sie eine Mausefalle, ein mittelalterliches Folterinstrument, ein gegen uns arbeitender Schwachsinn ohne Sinn und Zweck. Teufelszeug. In der ungerechten, patriarchalisch geprägten Gesellschaft, in der wir leben, können Männer sich in aller Ruhe die Hand in die Hose stecken, um die Eiern zu lockern, Frauen hingegen müssen stets die Contenance wahren. Da wäre es doch grundlegend, zumindest eine zuverlässige Unterhose zu haben, die wünschenswerterweise in ihrer Ausgangsposition verbleibt. Nun ja, nach langjähriger Unterhosenerfahrung muss ich konstatieren, dass das unmöglich ist. Das Konzept der idealen Unterhose ist in sich widersprüchlich, auf naive Weise platonisch. Es gibt viele Unterhosentypen, die alle ein mehr oder minder schweres Ärgernis darstellen, und die Wahl fällt je nach Charakter, Alter und Hinterntyp auf eine von ihnen. Hast du zum Beispiel einen Puddinghintern, wäre es wenig empfehlenswert, einen Brasilslip anzuziehen. Mit vierzehn ist Spitze nicht unbedingt angesagt. Und wenn du eine weiße Hose anhast, ist davon abzuraten, eine schwarze Unterhose drunter zu tragen. Und so weiter.

Das Debüt eines jungen Mädchens in der wunderbaren Welt der Unterhose erfolgt mit etwa vierzehn, wenn es plötzlich gewahr wird, dass Unterhosen bis unter die Achseln, mit Bienchenaufdruck und Mausezähnchen irgendwie passé sind. In meinem Fall traf diese Bewusstwerdung zeitlich mit der Mode der weit geschnittenen Unterhosen mit Beinansatz zusammen, also warf ich meine Bis-unter-die-Achsel-Unterhosen weg und füllte meine Schubladen mit unzähligen flatternden Shorts, die kaum weniger lächerlich, dafür aber noch unbequemer waren. Das Primat der maximalen Unbequemlichkeit erreichte seinen Höhepunkt mit den elastischen Beinhöschen, die ein paar Jahre später in Mode kamen und mit einer hübschen Mittelnaht ausgestattet waren, die einem buchstäblich die Muschi spaltete: Man fühlte sich als geteilte, zwiegespaltene Frau. Weiter dem Entwicklungsbogen der Unterhosenchronologie folgend, erreicht man irgendwann die wahre Revolution: die Unterhose mit hüftig sitzendem Bund, die bis heute aktuell ist. Diese verrückte Welle von Hüftmode betraf nicht nur die Unterwäsche, sondern griff auch auf Hosen, Strumpfhosen, Röcke und Jeans über: Die Ästhetik der Frau und ihre Wahrnehmung durch den Mann hat sich seither verändert, und angesichts des niedrig sitzenden Bundes, so niedrig, dass mal hinten die Poritze, mal vorne die Schamhaare hervorlugen, vergessen die Männer auf einen Schlag ganze Jahrhunderte höfisch-galanter Liebe, um sich wieder dem guten alten Kopulationstrieb der Neandertaler hinzugeben. Was an sich ja in Ordnung wäre, wenn nicht diese zügellos gekleideten Damen mit der tief gerutschten Gürtellinie oft – und unerklärlicherweise – die Sexgewohnheiten einer Betschülerin hätten. Die Folge ist: Chaos. Es hagelt Ohrfeigen, dass es eine Freude ist.

Abseits aller Modeerscheinungen und der individuellen Eigenarten dieses oder jenes Models können wir aber festhalten, dass es vier Universaltypen von Unterhose gibt:

1. Die neue Unterhose.
2. Die nicht mehr ganz neue Unterhose.
3. Die alte Unterhose.
4. Die Unterhose, die gar nicht mehr geht.

Zwischen dem ersten und dem letzten Stadium vergehen normalerweise kurze, sinnlose Monate.

Die neue Unterhose rotiert selig an der Schaufensterpuppe im Dessousgeschäft. Sie dreht sich Tag und Nacht, langsam und glänzend wie der Kebabspieß. Irgendwie übt sie eine hypnotische Wirkung aus, wie ein Schlangenbeschwörer. Ganz belämmert betrittst du das Geschäft. Was kostet die Unterhose da im Schaufenster? Sieben Euro. Drei Coffee-to-go, komm, quasi geschenkt. So eine Unterhose ist immerhin ein bleibender Wert. Du möchtest sie anprobieren. Mit genervter Miene weist dir die Verkäuferin den Weg zur Umkleidekabine und ermahnt dich, deine Unterwäsche anzubehalten. Du ziehst deine alte Unterhose aus, ziehst die neue Unterhose an, drehst dich einmal um dich selbst, betrachtest dich, gefällst dir. Sie ist dein.

In dem Augenblick, wenn du zu Hause die Plastiktüte auf dem Bett ausleerst, hat die Unterhose schon das zweite Stadium erreicht. Auf der Strecke vom Laden nach Hause scheinen die Farben an Strahlkraft verloren zu haben, die Gewebekonsistenz ist lockerer, und schon denkst du an die ruinöse erste Maschinenwäsche, wenn du in der Hocke sitzend ein eingelaufenes, fipsiges, jämmerliches Unterhosenknäuel aus der Waschtrommel fischst. Was in etwa morgen früh der Fall sein wird, wenn die Unterhose nach wenigen Stunden an deinem Leib schon gewaschen werden muss, kennt man ja.

Um die Segnungen des zweiten Stadiums so lange wie möglich zu genießen, beschließt du am nächsten Tag, noch mit der Maschine zu warten und dein Kleinod per Hand zu waschen. Eifrig wie ein Kindermädchen lässt du warmes Wasser in eine Schüssel laufen und gibst ein paar Tropfen Perwoll dazu, fährst sanft mit der Hand hindurch und lässt die Unterhose hineingleiten, um sie nach einer knappen halben Stunde liebevoll auf die Leine zu hängen. Dieses Theater dauert höchstens ein paar Wochen, danach sagst du dir, das Leben ist so schon kompliziert genug, und wirfst sie in die Maschine.

Nach fünf Mal Maschinenwäsche ist offiziell das dritte Stadium erreicht. Die Unterhose ist alt. Je nach Machart altert sie unterschiedlich. Der Baumwollslip bleicht aus, das Nylonhöschen bildet Knötchen, ist der Stoff transparent, leiert er aus, der Tanga gerät aus der Form, sind Aufnäher dran, gehen sie ab, Aufdrucke bilden Krusten. Nach eineinhalb Jahren kannst du den Badspiegel damit putzen.

Statistisch gesehen hältst du dann entweder einen aus dem Leim gegangenen Schlüpfer in Übergröße in der Hand oder einen Tanga mit vierzig Zentimeter langem String, und wärst du so wagemutig, ihn ins Büro anziehen, würdest du dich auf deinem Stuhl winden, als säßest du auf einer Ameisenstraße. Im besten Fall, wenn du immer schön auf Schonwaschgang geschaltet hast, hältst du ein gräuliches unförmiges Etwas in den Händen, das aber immerhin noch angenehm dehnbar ist. In diesem Fall musst du dich entscheiden: Entweder du rangierst sie sofort aus und benutzt sie zum Badspiegelputzen, aber das ist ein Luxus, den sich nur die Reichen leisten können, oder du deklassierst sie wohlüberlegt zur Unterhose für deine Tage.

Die Periodeunterhose ist so eine Sache, die dir peinlich ist und für die dich früher oder später verantworten musst.

Nein, die ist nur für dann, wenn ich meine Tage habe.

Bitte guck nicht auf die Unterhose, ich habe meine Tage.

Mehr fällt dir nicht dazu ein. Wenn jemand deine Periodeunterhose entdeckt hat, fehlen selbst dir die Worte.

Die Lebensdauer der Periodeunterhose ist aus irgendeinem gemeinen Grund gut dreimal so lang wie die aller anderen zusammen. Jede Dreißigjährige hat eine überquellende Schublade mit mindestens fünfhundert ausgeblichenen Unterhosen, die sie gnadenlos während ihrer Periode »aufträgt«. Aber aufgepasst, nicht alle Unterhosen erreichen überhaupt dieses Stadium: Tangas sind von vornherein ausgeschlossen, ebenso Strings und G-Strings, weil die Binde dann keine Klebefläche hat und sich dir unvermeidlich in die Poritze klemmt. Das möchte ich zum Anlass nehmen, alle Frauen mit der Frage zu konfrontieren, warum man sich überhaupt derlei Unterhosen zulegt. Zu was sind sie gut? Zu nichts. Bedecken sie dich? Nein. Wärmen sie dich? Nein. Sind sie sexy? Darüber lässt sich streiten. Aber genau betrachtet, wenn wir erst einmal bei der Sache sind und uns vor unserem Geliebten ausziehen, überlebt auch die schönste Unterhose kaum länger als dreißig Sekunden, denn dann landet sie in der Zimmerecke, ohne noch eines Blickes gewürdigt zu werden. Wenn ihr nun trotzdem entschlossen seid, euch solch gewagte Dessous zuzulegen, rate ich doch gleich zu mehr Radikalität und direkt zur Zahnseide. Die ist weniger störend. Oder müsst ihr für irgendwas büßen?

Zueinander passende Sets aus BH und Unterhose sind von Anbeginn der Welt dazu verdammt, durcheinanderzugeraten, außer jemand ist schlau genug, sich einen schwarzen oder weißen BH zu kaufen, sodass man hier mit Ton-in-Ton-Kombinationen arbeiten kann, die nicht weiter auffallen (noch so ein Klassiker, ein glänzend schwarzer BH im Zusammenspiel mit einer mittlerweile ins Mausgrau tendierenden Unterhose). Wenn du blöd genug warst, dir einen türkisgrünen BH mit einem kleinen Affen auf dem Träger zu kaufen, wird es natürlich schwierig, richtig zu kombinieren, ohne die unterschwellige Botschaft zu senden: »Bin schon länger nicht mehr zum Wäschewaschen gekommen.«

Doch was man auf jeden, jeden Fall vermeiden sollte, ist, einen schwarzen BH zu einer weißen Unterhose zu tragen. Jeder Mann, der euch ausgezogen hat, wird große Mühe haben, angesichts dieser unverzeihlichen Schlamperei das mentale Motivationsniveau zu halten (wobei man sagen muss, dass Männer ihre Motivation im Allgemeinen relativ schnell wiederfinden). Ein anderer, häufiger Irrtum ist die Annahme, Markenunterhosen seien haltbarer als Billigunterhosen. Probiert es aus. Ich persönlich habe diverse Unterhosen zum Stückpreis von dreißig Euro in meiner Schublade, die nach nur wenigen Monden bereits das vierte Stadium erreicht hatten. Da kommst du aus dem Laden, das Portemonnaie leer und von einer Leichtigkeit, die das quasi gewichtslose Winztütchen in deiner anderen Hand nicht aufwiegen kann, in dem ein spitzenbesetztes Stück Dreieckstoff liegt (*ein Traum*, hat die ältliche Verkäuferin dir versichert), das ein Leben lang halten soll. Nein. Es hält einen Monat wie alle anderen Unterhosen, wer's nicht glaubt, soll es selbst probieren. Der einzige Unterschied besteht darin, dass man mit Spitze den Spiegel nicht sauber kriegt.

Exkurs: Der Hintern

Nach langer Überlegung ist mir klar geworden, dass der Po als bevorzugter Standort von Zellulitis und Unterhose ein vertiefendes Zwischenkapitel verdient hat.

Unser Allerwertester repräsentiert uns so, wie die englische Königin England repräsentiert. Wir sind unser Hintern *and God may save it.* Wie sich die Damen früher durch die eigenen vier Wände repräsentiert fühlten, so ergeht es uns heute mit unserem Körper, allem voran mit dem Hintern als unserem Vorposten, Wortführer und Stoßdämpfer. Die Frauen verbringen ihr Leben damit, seinen Fehlern nachzuspüren, über ihn zu jammern, ihn einzucremen, ihn hier und da mit dem Skalpell zu bearbeiten, alles, um ihn so weit wie möglich den Erwartungen des männlichen Geschlechts anzupassen, während die Männer, wie üblich, kaum Erwartungen haben. Für einen Mann ist der Hintern seinem Wesen nach als Hintern perfekt: Er hat rein ontologisch bereits den Status der Vollkommenheit erreicht, er ist ein Hintern. Oder besser gesagt, er ist so lange ein Hintern, bis er seine sexuelle Aufmerksamkeit erregt, woraufhin er zum Arsch wird, was beim Mann in der Regel eine Frage von Sekunden ist. Doch als Spezialistinnen darin, auch die einfachsten Dinge zu problematisieren, wollen wir uns lieber maßlos grämen und einen Großteil unseres Lebens darauf verwenden, uns die Pobacken mit nutzlosem Schmodder einzucremen. Oder ihn mit lächerlich kleinen Stofffetzen zu bedecken. Oder ihn mithilfe von Karneval-in-Rio-Unterhosen aufzuwerten.

Die Wissenschaft hat oft – und oft mit wenig zufriedenstellendem Ergebnis – eine Antwort auf die Frage gesucht, warum nicht auch Männer diesem posterioralen Götzendienst ergeben sind. Vor Jahren las ich einmal einen geschmacklosen Artikel, in dem es hieß, die Hinterbacken seien deshalb so begehrenswert, weil ihre mittige Vertiefung an jene zwischen den weiblichen Brüsten erinnerte. Warum halten die Deppen sich dann nicht gleich an den Busen, der doch eh viel näher liegt? Es wäre das einzige Beispiel in der Menschheitsgeschichte, wo Männer metaphorisch vorgehen würden. Andere Forscher glauben, dass die Obsession für das Heck weit in die Vorgeschichte der Menschheit zurückreicht, als wir uns noch auf allen vieren bewegten und die Männchen die Weibchen von hinten deckten, und dass der Anblick des Arsches bis auf den heutigen Tag Erinnerungen an diese goldenen Zeiten weckt. Aus dieser Perspektive wäre es also nicht der Arsch, der an den Busen erinnert, sondern der Busen, der an den Arsch erinnert: Die Frauen hätten sich demzufolge einen Hintern auf Augenhöhe wachsen lassen, um unterschwellig den Mann zur Kopulation zu bewegen. Wie dem auch sei, der weniger praktische Aspekt bei der ganzen Sache ist, dass dieses Objekt der Begierde letztlich immer auch der Körperteil ist, der der Befriedigung weit weniger attraktiver Funktionen dient. Die Frau muss sich also einmal mehr zweiteilen: Einerseits furzt und kackt sie wie jedes gesunde

Lebewesen, andererseits darf sie niemals die symbolische Bedeutung von Perfektion, Seligmachung und Fruchtbarkeit aus den Augen verlieren, die auf ihrem verlängerten Rücken lastet. Ergebnis: Powackeln in der Öffentlichkeit, der Rest im stillen Kämmerlein. Der Frauenarsch repräsentiert uns eben, als perfektes Symbol unseres zwiegespaltenen Schicksals.

Die Redewendung *den Arsch hinhalten* beschreibt recht treffend den Akt des Vertrauens, der Hingabe, auch der Mühe, ja, warum nicht, die es uns kostet, den Zugang hinten herum zu ermöglichen. Doch leistenkurze Miniröcke, quadratmillimeterwinzige Bikinis und unterhüftig sitzende Jeans erlauben uns tiefe Einblicke in die Feuchtgebiete, all diese Große-Klappe-und-nix-dahinter-Tricks haben in Wirklichkeit wenig damit zu tun, wirklich den Arsch hinzuhalten. In sexuellem Sinne seinen Hintern hinzuhalten ist ein Akt unterwürfiger Liebe, ähnlich wie Robert De Niro in *Casino*, als er Sharon Stone die Schlüssel zu seinem Tresor überlässt. Es bedeutet, eine Verbindung aufzubauen, die auf Vertrauen basiert, auf Liebe, auf der – ein wenig naiven – Hoffnung, nicht zu heftig gearscht zu werden. Eine Hoffnung, die immer wieder enttäuscht wird, denn bekanntlich bleibt der Mann, der seine Frau nur ordentlich rannimmt, ewig in Erinnerung und gewinnt in manchen Fällen sogar eine Art perverse Anerkennung.

Eine Besonderheit des Hinterns ist es, dass er nicht selten ein weitgehend autonomes Dasein führt. Während der Busen, die Haut und die Beine einen vagen Eindruck vom allgemeinen Gesundheitszustand der Person übermitteln, ist der Hintern so etwas wie ein unabhängiger Inselstaat. Eine Frau kann beispielsweise ganzkörperlich von Zellulitis verschont sein, während ihr Popo von der Orangenhaut verwüstet ist. Es gibt dicke Hintern, die widerrechtlich bei ganz grazilen Frauen parken, welche ihren Umfang nicht einmal mithilfe von Nulldiäten verringern können. Oder man sieht durchtrainierte und athletische Mädchen, die unerklärlicherweise einen völlig unproportionierten, weichen Hängehintern mit sich herumtragen.

Doch der Mann, der sich ja innerhalb der Tierspezies insgesamt nicht durch übermäßige Unversöhnlichkeit hervortut, hegt dem Arsch gegenüber eine beinah religiös anmutende Milde, eine, ich möchte sagen, geradezu anrührende Menschlichkeit, die ihn mit Wohlwollen über sämtliche Unvollkommenheiten hinwegsehen lässt. Was nicht bedeutet, dass es ihm am Wissen über die ästhetischen Bezüge mangelt, es heißt nur, dass er die menschliche Begrenztheit unseres Gesäßes versteht und verzeiht, und zwar um einiges bereitwilliger als wir selbst. Dem steht eine ganze Skala weiblicher Paranoia gegenüber, die auch den nüchternsten Mathematiker verblüffen würde. Es folgt, ohne Anspruch auf Vollständigkeit, eine Auswahl der gängigsten Launenverderber.

Der Mandolinenpo. Wie bei den Ufos: Vielleicht gibt es ihn, der eine oder andere will ihn schon mal gesehen haben, aber ansonsten alles nur Gerüchte. Jedenfalls ist der mandolinenförmige Hintern das absolute Top, das nie erreichte Idol. Da man ihn so selten sieht, existiert er quasi nur in seiner Negation, also als Hintern ohne Mandolinenform. Die erste Paranoia, die ihr pflegen könnt, wäre also, keinen Mandolinenpo zu haben.

Der flache Po. Als ich in der Mittelstufe war, klebte an allen Bussen die Werbung mit der Aufschrift: »Bye bye, flacher Hintern!« Die Straßen waren tapeziert mit Riesenpopos, die sich in winzige weiße Höschen pressten, was dem Straßenverkehr etwas Abstruses gab. Diese sechs mal drei Meter großen allgegenwärtigen Pobacken stellten auch mir einige Fragen über die Natur meines eigenen Hinterns: Ich verrenkte mich vor dem Spiegel in dem Versuch, herauszufinden, ob er hoch oder flach ist. Dieser Zweifel begleitete mich, bis ich neunzehn war und Giulio mir sagte, dass ich zu keiner der beiden Kategorien gehöre, weil ich einen Stehpo hätte.

Der Stehpo. Nach dem kartesianischen Koordinatensystem wird xy, wenn y die Längsachse ist, die die Frau im Profil der Länge nach zerschneidet, für das normale Gesäß mit $x>1$ und $y<9$ definiert, während der hervorspringende Po $x>10$ ist. Frauen nennen ihn etwas ungenau einen »dicken Hintern«, aber der echte dicke Hintern folgt jetzt.

Der dicke Po. Während sich der vorangegangene Hintern pfeilförmig wölbte, wölbt sich dieser frontal. In einfacheren Worten: Bei seiner Ansicht betrachtet man die Frau nicht im Profil, sondern von vorne. Es ist der dicke Hintern schlechthin. Heute nicht mehr gefragt, hatte er seine Hochzeit vor allem in den Sechzigerjahren: ein echter Klassiker. Ob das in irgendeinem Zusammenhang mit dem damals noch wohl angesehenen »gebärfreudigen Becken« steht, ist nicht überliefert.

Der Hängepo. Er hängt, er fällt. In die Abgründe der Nacht. Charakteristisch ist seine Tränenform, wobei der Gesäßmuskel sich auf dem Oberschenkel abstützt. Ein echter Downer. Ihr habt Grund zur Paranoia, denn es gibt kein Zurück. Manche Unschuldslämmer versuchen, ihn mit hohen Absätzen zu kaschieren, wodurch der Rücken künstlich durchgedrückt wird, doch früher oder später zieht jede Frau die Schuhe aus, und dann ist sie wieder zurück auf Los. Außerdem überzeugt ein durchgedrückter Rücken nicht, da er in der Natur nicht vorkommt. Bei seinem Anblick denkt jeder entweder an Absätze oder an ein Hohlkreuz.

Der pickelige Po. Es gibt Mädchen, die entwickeln ihre Pickel nicht im Gesicht, sondern am Po. Und dann gibt es noch die Unglücksraben, bei denen sie sowohl im Gesicht als auch am Hintern sprießen. Sagen wir, Po und Gesicht sind in vielen Fällen austauschbar (eine universell gültige Regel). Nur dass es viel schwieriger ist, sich die Pickel am Po auszuquetschen, ihr müsstet eine Freundin finden, die das für euch tut. Meine Glückwünsche, wenn euch das gelingt.

Der Puddingpo. Die richtige Konsistenz der Arschbacken ist rein subjektiv, Geschmackssache. Der Puddingpo bezeichnet die wackelnde, weiche, tänzelnde Backe, die die Bewegung von Mutter Erde aufgreift und in reine Energie verwandelt, bereit zur Nutzung. Es handelt sich um ein höchst respektables Exemplar, irgendwie aufrichtig, rustikal, wenn man so will. Genau wie Pudding, entweder du liebst ihn, oder du kannst ihn nicht ausstehen.

Der Entenkükenpo. Mein guter Freund Salvatore sagt, der Po seiner Ex habe seitlich Entenküken gehabt, und er meint damit das überschüssige Fett, das beim Gehen zum Vorschein kommt. Ich weiß nicht, welche logische Verbindung von der Fettansammlung zum Federvieh führt, jedenfalls sind diese kleinen Kissen in Bewegung irgendwie so tapsig und putzig, weshalb ich die Entenküken als Bezeichnung einfach perfekt finde. Ich muss hinzufügen, dass Salvatore sich mit größter Nostalgie an genannte Entlein erinnert. Also, Frauen mit Puschelpo, ihr könnt aufatmen und entspannen: Jeder Po findet seinen Decker, äh, Deckel.

Enthaarung

Der erste Besuch eines Schönheitssalons ist wie der erste Schuss. Du glaubst, du kämst da leicht wieder raus, aber dem ist nicht so. Aus dem Labyrinth des Schönheitswahns kommst du nie wieder heraus, es sei denn mittels einer entsprechenden Suchthilfe, die es, nebenbei bemerkt, nicht gibt. Die großzügig Bein zeigenden und bunt gesträhnten Damen – die Dealer – werden sich immer neue Gründe einfallen lassen, damit du wiederkommst: glätten plätten entfetten, rasieren polieren definieren, schminken schmirgeln entschlacken, klären nähren bewehren (ich könnte ewig so weitermachen, bis die Liste doppelt so lang ist wie das ganze Buch). In meinem Fall mussten sie nicht einmal viel Fantasie aufbringen: Es genügte, beim Anblick meines pelzigen Schienbeins einen spitzen Schrei des Entsetzens auszustoßen, der nebenbei bemerkt ziemlich natürlich klang. Ausgerüstet mit Wachsstreifen und Pinzetten, scharten sie sich in Windeseile um meine Liege und meinen gelähmten Körper, und während die eine mir emsig am Schienbein herumzupfte, widmete die andere sich der Ausdünnung meiner Augenbrauen. Als ich mich im Spiegel betrachtete, entdeckte ich, dass ich keine Brauen mehr hatte, ich sah aus wie der Sänger von Vernice. Die andere streichelte mir über den Arm und rief: »Jetzt ist er glatt wie ein Babypopo.«

Auf diese Weise gelang es ihnen, mich zum Wachs zu konvertieren und meine preiswerten und vertrauten Wegwerfrasierer ein für alle Mal aufzugeben, treue Weggefährten meines bisherigen Lebens.

Solltet ihr Science-Fiction mögen, wird euch die folgende kafkaeske Geschichte sicher gefallen.

Vor ein paar Tagen betrat ich einen Beautysalon (mittlerweile bin ich absolut süchtig danach, mindestens alle vierzehn Tage brauche ich meine Dosis Beautytreatment). Hallöchen-hallöchen. Der Ü-Dreißiger am Empfang mit dem Aussehen eines Exschlachters oder Exdealers fragt mich, ob ich einen Termin habe.

»Nein, ich wollte mir nur schnell die Oberlippe zupfen lassen, fünf Minuten, ich kann auch warten.«

»Gern, bitte, nehmen Sie Platz.«

»Hören Sie«, sage ich zu ihm, »letztes Mal, als ich deswegen hier war, bekam ich eine Gratisprobe von so einem besonderen Wachs … ein grünes Harz …«

»Aah, das Harz!«, unterbricht der Mann mich, der gleich wusste, was ich meinte.

»Ja, genau, das Harz. Damit möchte ich mir die Härchen entfernen lassen. Dann wachsen sie doch etwas langsamer nach, oder?«

»Ja, sicher, nehmen Sie doch Platz«, sagt mir der Typ mit der Unschuldsmiene eines Obstverkäufers.

»Können Sie mir sagen, wie viel das kostet?«

»Sicher, nehmen Sie doch bitte Platz«, wiederholt er.

Keine Antwort. Ich setze mich. Gemütliches Sofa und Musik von Sade. Neben mir sitzt ein Mädchen, das angezogen ist wie ein Taufgeschenk, komplett in Rosa: rosa Rock, rosa Strumpfhose, rosa Schuhe. Auf ihrem Schoß liegt aufgeschlagen ein Buch, schon von außen Ödnis pur. Sie spricht nicht, sie piepst. Piepsend erzählt sie dem Mann neben sich, dass sie schreibt, schon immer geschrieben hat (»Ah, schreiben!«), dass sie in die elfte Klasse geht und dass sie liest, ah, und wie sie liest, während der Mann neben ihr, dem Aussehen nach ein verbrauchter, verzweifelter Journalist des *Messaggero*, sich das Gesicht massiert und ihr zerstreute Fragen stellt, man kann ja nie wissen. Ich trommele nervös mit den Fingern und hoffe, dass aus der Obst-und-Gemüse-Ecke noch ein paar Infos zu den Kosten der Harzenthaarung rüberwachsen. Niente.

Eine strahlend aussehende Polin erscheint und nimmt die bonbonfarbene Mädchenpraline mit. Kurz darauf tritt eine eulenäugige Brünette auf: Sie sagt mir, wir könnten nun anfangen. Eigentlich wollte ich noch wissen, was die Sache kostet, aber Schwamm drüber, wie viel kann das schon sein? Vier Euro? Fünf Euro? Sechs? Egal. Wir steigen in die Unterwelt der Wellness hinab: Veilchenduft und Harfenklänge. Die Eulenäugige bereitet mir meine Liege und fordert mich auf, mich hinzulegen. Ich sage: »Wegen der paar Stoppeln?!« »Doch, bitte, entspannen Sie sich.« Ich lege mich hin. Die Dame geht ab und kommt mit einem Schiebewägelchen zurück, auf dem ein Kupferkessel mit brodelndem grünem Wachs steht. Mit einem Spachtel streicht sie mir warmes Wachs auf die Oberlippe und zieht es ab. Schwups, und dann von der anderen Seite. Noch eine Runde, okay. Abziehen. Noch ein Schnelldurchgang, das war's. Sie betrachtet meine Oberlippe unter Neonlicht und mit der Lupe: Ein paar Härchen sind noch übrig, also verpflichtet sie mich zu zwei weiteren Durchgängen, einer von der einen Seite, einer von der anderen. Ungeduldig sage ich, dass es nun genug sei, ich muss mich ja von niemandem küssen lassen. Das Eulenauge empfiehlt mir, mich gaaaanz langsam aufzurichten, damit mir nicht schwindelig wird. Mir kommen berechtigte Zweifel, ob ich mich in der Tür geirrt habe und in einem Pflegeheim gelandet bin statt in einem Beautycenter, und mit sphinxgleicher Miene ziehe ich meine Jacke an.

Während wir die Stufen hochgehen, fragt sie, ob ich auf einen Sprung mit in ihr Büro kommen möchte, da würde sie mir das Angebot des Monats vorstellen. Okay, warum nicht. Wir setzen uns an einen Tisch, und sie hält mir einen Endlosvortrag über Sitzungen mit Laserstrahlen: die, wenn man sie mit dem Harz kombiniert, das Härchenwachstum um … sage und schreibe einen Monat hinauszögert. Wow, das ist mal 'ne Nachricht. Fünf Sitzungen zu unglaublich günstigen zweihundertneunundneunzig Euro, wenn das kein Schnäppchen ist. Ich bedanke mich überschwänglich, aber *ups*, so spät schon, jetzt muss ich wirklich los. Ich kehre zum Empfang zurück und ziehe zehn Euro aus dem Portemonnaie, hoffentlich kriege ich noch was raus, warum habe ich Esel auch vorher nicht gefragt. Der Typ konsultiert seine Preisliste und beugt sich dann verschwörerisch zu mir herüber, um mir die gedruckte Zahl zu zeigen: Sechzig Euro steht da. Ich sehe von der Liste auf und schenke ihm das strahlendste Lächeln, das ich auf Lager habe: Du willst mich wohl hochnehmen, mein Guter. Für Sie dreißig, flüstert er und verzieht gutmütig das Gesicht. Nein, Sie verstehen nicht, ich habe mir die Oberlippe depilieren lassen, okay? Es handelte sich keineswegs um einen Dalì-Bart, sondern um drei, vier Härchen. Hundertzwanzigtausend Lire für einen Damenbart, *impossible*. Schon für weniger kommst du hinter Gitter. Tja, sagt er und schüttelt den Kopf, das war ja auch ein ganz besonderes Verfahren, nicht einfach nur Wachs. Mit diesen Worten entwindet er meiner Hand sanft die EC-Karte.

Diese erheiternde kleine Parabel hat eine Moral: DIE LEUTE. SPINNEN. KOMPLETT. Meine Meinung in Sachen Depilation geht Hand in Hand mit meiner Meinung über Zellulitis: Achtundneunzig Prozent der Frauen haben überflüssige Körperbehaarung, wäre es da nicht viel sinnvoller, die restlichen zwei Prozent Inuitfrauen würden, sagen wir, zur Hölle fahren? Das nennt man einfache Mathematik, meine Herrschaften. Aber nein. Dreieinhalb Milliarden Frauen müssen sich der brutalen Folter unterziehen, nur weil es einem zynischen und Schindluder treibenden Gott gefällt, dem Gott der Körperbehaarung.

So gerät man in die Hölle der Enthaarung, dabei wollte man's nur ausprobieren, ein bisschen wie bei Drogen. Du bist dreizehn und mit einer Freundin oder Schwester im Supermarkt, da siehst du, wie sie es auf das Band bei der Kasse legt, das Enthaarungswachs. Du ziehst deine Hosenbeine hoch und begutachtest dich aufmerksam vom Knöchel bis zum Knie: Los geht's. Rasierer und Seife. Den Unterschied merkt man nicht sofort. Man sieht ihn erst ein paar Tage später, wenn die Härchen doppelt so dick nachgewachsen sind.

Du gehst zum Wachs über. Schnell stellst du fest, dass die Enthaarung von Beinen, Oberschenkeln, Bikinizone, Armen, Achseln, Oberlippe und Augenbrauen dich zusammengenommen fast hundert Euro kostet. Und nebenbei noch höllisch wehtut. Das Ergebnis hält ein paar Wochen an, was statistisch gesehen bei einem eingespielten Paar gleichbedeutend mit drei-, viermal Sex ist, vielleicht auch weniger. Sex wohlgemerkt, den ihr mit Körperbehaarung auch hättet, also Frauen, zieht selbst eure Schlüsse. So probierst du ein anderes Folterinstrument aus mit dem Namen Silk-épil (Haar verdrehen und rausziehen, besser gesagt rausreißen). Du jaulst auf vor Schmerzen. Zum Rasierer zurückzukehren würde dich innerhalb einer Woche in einen Homo australopithecus verwandeln, also versuchst du es mit Enthaarungscreme. Damit wirst du ebenfalls zum Australopithecus, nur ärmer, weil eine Tube Enthaarungscreme in etwa so viel kostet wie vierzig Einwegrasierer. Bleichen scheint der Königsweg zu sein: leicht, billig, schmerzfrei. Es wirkt gremlinartig langsam, bis du eines Morgens in den Spiegel guckst und feststellst, dass eine Genmutation eingetreten ist: Deine Körperbehaarung hat sich in ein einheitliches Robbenfell verwandelt.

Als wäre das nicht genug, ist es auch noch gesundheitsschädlich, sich die Haare zu entfernen, da sie vom Depilieren einwachsen, während die Wachsmethode nebenbei Krampfadern begünstigt und die Lymphdrüsen schädigt. Außerdem wirst du immer unmäßiger, bis die Sache irgendwann dein ganzes Leben bestimmt: Nach den Beinen kommen die Arme dran, dann sprießen auch schon die ersten Bauchhärchen, und wenn die mal weg sind, tja, dann kann man auch gleich zum Rücken übergehen, bis du komplett gerupft bist wie ein Huhn auf dem Schlachthof.

Fehlt nur noch die Bikinizone. Sich die Schamhaare zu depilieren ist ungefähr so schmerzhaft wie eine Geburt, nur dass man es alle zwei Wochen tun muss. Wenn die Kosmetikerin mich fragt, wie hoch sie den Beinausschnitt machen soll, ist mir das immer etwas unangenehm. Verlegen zupfe ich am Bund meiner Unterhose herum, wie um zu sagen, keine Ahnung, sehen Sie selbst, immer darum besorgt, mich nicht ganz auszuziehen, da es diesen ungeschriebenen Pakt gibt, dass die Kosmetikerin niemals deine Muschi sehen darf. Drehen Sie sich, stehen Sie auf, ja, gut so. Ich öffne die Beine in der Vertikalen, scherenförmig und in allerlei anderen unnatürlichen Verrenkungen, während sie zupft und ziept und ich schreie. »Geht es?«, fragt sie sadistisch. Vorher ging es entschieden besser. Doch das Haar ist das Böse, also sage ich, es geht, und vielleicht könnten Sie den Beinausschnitt doch ein wenig höher machen? Danke.

Wenn diese Qualen überstanden sind, kommt das Nachwachsen, erschwerenderweise zeitversetzt je nach Körperregion und Sprießlaune. Wenn auf den Beinen wieder *die ersten* Haare sichtbar werden, sind das noch lange nicht *alle*. Wenn du die Einzelgänger auszupfst, wachsen dir die neuen Härchen ein, und nach einer Woche hast du wieder *ein paar* neue, aber nicht *alle*. Also Augen zu und abwarten, bis *alle* nachgewachsen sind, aber wirklich *alle*, um dann gegen Monatsende deinen triumphalen Einzug bei der Kosmetikerin zu halten. Nur dass dann zwar *alle* Haare am Schienbein nachgewachsen sind, aber erst *ein paar* am Oberschenkel. Was tun? Warten, bis *alle* Haare am Unterschenkel und *alle* Haare am Oberschenkel nachgewachsen sind? Ja. Was bedeutet, dass du ungefähr zweieinhalb Monate mittelbehaart durch die Gegend läufst. Um dieses Ungemach zu kompensieren, vereinbarst du einen Maxischönheitstermin, an dem du dann tonnenweise Körperbehaarung von dannen fliegen siehst und dich anschließend wie neu geboren fühlst. Nur dass die Härchen am

Oberschenkel grundsätzlich langsamer nachwachsen und du nach drei Wochen wiederum *einige Haare* an den Waden und *wenige* an den Schenkeln hast. Es gibt kein Entrinnen. Du gibst auf und suchst die Nummer der brünetten Eulen-kosmetikerin raus. Zweihundertneunundneunzig Euro für fünf Sitzungen mit Laserstrahlen sind dann eben doch ein Schnäppchen.

Friseur

Im Alter von null bis sechs Jahren trug ich ausschließlich Jungsfrisuren. Das war die launige Umschreibung meiner Mutter für einen jeder Form entbehrenden schrecklichen Zwei-Zentimeter-Bürstenschnitt, der mich meine gesamte Kindheit hindurch dem ewigen Kehrvers »Hallo, Kleiner« aussetzte. In der ersten Klasse beschloss ich, der Posse ein Ende zu bereiten, und teilte meiner Familie mit, dass ich mir die Haare wachsen lassen würde, egal was sie davon hielten. Meine Mutter zeigte sich offen für Verhandlungen, mein Vater hingegen war strikt dagegen. Auf diese Art entstanden drei Fraktionen, das demokratische Mitte-Rechts-Lager unter der Führung meiner Mutter, der konservative Flügel in Person meines Vaters sowie die Radikale Partei, also ich, die auf eine Lang-und-blond-Frisur à la Claudia Schiffer hoffte. Die Radikalen siegten. Aber man weiß ja, wenn von der Opposition keine Unterstützung kommt, gehen die Reformen nicht durch, und auf lange Sicht stürzt die Regierung. Zwischen 1988 und 1992 wucherte auf meinem Schädel ein geradezu dantesker, gottverlassener Wald, wo sich Wurzeln, Tiere und Mikroklimata einnisteten, die selbst der WWF nicht listet. Meine Mutter hob jeden Morgen zum gleichen Refrain an: Wie du nur aussiehst mit diesen Strubbelhaaren. Diesen wiederholte sie mit derartiger

Penetranz, dass die gesamte Großfamilie ihn bald auswendig konnte. Unsere Wohnung wurde von lyrisch gestimmten Onkeln und Zither spielenden Omas eingenommen, die mir hartnäckig in Erinnerung riefen, wie schrecklich ich mit diesen Hexenhaaren aussehe. Klar, es waren Hexenhaare, aber ich schämte mich nicht dafür, sondern war im Gegenteil stolz darauf. Abends löste ich die Zöpfe absichtlich nicht, um am nächsten Morgen mit zwei wunderbaren dicken Tarzanlianen über dem Rücken in die Schule zu gehen. Als Mama versuchte, mir den Pony zu schneiden, wehrte ich mich wie eine Löwin und kreierte so ein schiefes Glanzstück abstrakter Kunst. Die demütigenden schleifchenbesetzten Haargummis, mit denen man versuchte, meiner Mähne Herr zu werden, landeten regelmäßig in den Tatzen meiner mit mir verbündeten Katze, die sie schnellstmöglich unter der Waschmaschine oder hinter irgendwelchen Schränken verschwinden ließ.

Das einzige wirklich störende Detail in der ganzen Szenerie war eine der schrecklichsten Modeerscheinungen der Achtzigerjahre: der seitlich gebundene Pferdeschwanz. Dem konnte auch ich mich nicht entziehen. Vor jeder Geburtstagsfeier packte mich meine Mutter und zerrte mich an den Haaren vor den Spiegel, wo sie mir diese ohrwärts orientierte Klobürste von pyrotechnischer Hässlichkeit machte, die bei mir zudem Ursache grausamer Kopfschmerzen war. Es reichte ihr nicht, normale Haargummis zu nehmen, nein, sie benutzte solche mit Bonbons und Bärchen darauf, mit Würfeln und Mickys und Minnis und Donald Ducks und allem Plastikschund, den die Supermärkte jener Jahre so hergaben, die wie Würmer auf meinem Kopf nisteten und aus der Frisur eine Art Themenpark machten. Die perfekte Übereinstimmung meiner üppigen Mähne mit meiner weiblichen Identität brachte eines Tages der Hausmeister unserer Schule treffend auf den Punkt, als er mich im Flur mit »He, du da mit den Haaren« ansprach. Wessen ich mich lange rühmte.

Glücklich und zufrieden erreichte ich die letzte Grundschulklasse. Meine Mutter befürchtete, mit diesen Haaren würde ich mir die Prüfungsnote versauen, und ich, irgendwie von ihrem frühen Wahn milde gestimmt, erklärte mich am Tag vor dem Schriftlichen bereit, zum Friseur zu gehen und ein klein wenig und nur ausnahmsweise (totale Ausnahme!) die Spitzen schneiden zu lassen. Nach dem Haarewaschen (der Shamponiererin blieb dabei der Kamm in den Haaren stecken) ließ man mich auf einem Drehsessel Platz nehmen. Meine Mutter betrachtete mich selig, als bekäme ich gerade das Diplomzeugnis überreicht. Der Coiffeur kämmte mich zunächst durch und tat ganz unbeteiligt. Dann zog er eine Strähne zu sich heran, und man hörte ein leichtes *tack*, dann ein dumpfes *plop*. Ich blickte zu Boden, wo ein Bündel brauner Haare noch zuckend auf dem schwarzen Fliesen lag. Im Spiegel suchte ich die Augen des Wahnsinnigen und muss ihn wohl mit Killerblick angestarrt haben. Der Friseur verlagerte sein Gewicht auf das andere Bein und fragte mit in die Luft gereckter Schere, ob etwas nicht stimme? Wie bitte? Geht's noch? Was nicht stimmte, war, dass er mir dreißig Zentimeter Haare vernichtet hatte! Ich wand mich wie besessen auf meinem Drehstuhl, gefesselt von diesem Ding, diesem Plastikumhang, während meine Mutter und die Shamponiererin versuchten, beschwichtigend auf mich einzuwirken.

Eine Viertelstunde später erhob ich mich aus dem Sessel und klopfte mir traurig das Sweatshirt aus. Ich sah mein Spiegelbild: eine misslungene Kreuzung zwischen Sue Ellen Ewing und Mireille Mathieu. »Du siehst toll aus«, versicherte meine Mutter mir, wirkte jedoch selbst merkwürdig unüberzeugt. Was ich hatte, würde in einer Frauenzeitschrift wohl mit »kurzer, luftiger Bob in Ohrlänge« beschrieben, aber mit einem Stück Kokosnuss in Stirnhöhe, das mir über ein Auge fiel. Ich sah irgendwie gestört aus. Am folgenden Tag verbrachte ich die vier Stunden schriftliche Prüfung in Italienisch damit, pausenlos genervt den Pony zurückzuwerfen. Nachdem ich meine Arbeit abgegeben hatte, ging ich schnurstracks nach Hause, hielt meine Frisur unter den Wasserhahn, nahm das Haargel meines Vaters und schmierte mir die Haare damit ein, um sie dann vorsichtig nach hinten zu schieben. Nun sah ich aus wie der Stummfilmstar Asta Nielsen. Jedoch mit dem Körperbau des ewig strahlenden Nichts-geht-über-Bärenmarke-Teddys. Ein Monster.

Unbemerkt ging Zeit ins Land (sagt man so), und ich kam in die Mittelstufe, wo mein Gagalook um weitere Details bereichert wurde: Zahnspange und Schlumpfbrille. An Zahnspangen habe ich alles durchgemacht, von der festen über die herausnehmbare bis zum Außenbügel (letztere sah aus wie ein Pferdezaumzeug, sie wurde im Mund festgehakt und hinten um den Nacken gespannt – später wurde sie durch eine Kopfhaube ergänzt, die mich endgültig zu Frankensteins Tochter machte). Ich sah nicht nur aus wie ein Monster, ich redete auch noch wie Donald Duck und spuckte dabei in alle Richtungen. Meine Mutter, von der ich nicht sagen könnte, ob sie mehr von Mode oder von Astrophysik verstand (wahrscheinlich von Astrophysik), bot alle ihre Stylingkenntnisse auf und unterzog meinen Kleiderschrank einer Runderneuerung, um ihn den aktuellen Möglichkeiten sozialer Ausgrenzung anzupassen. Rosa Blumenhose, Wollpullunder, Blusen mit Spitzenkragen (in der Hose getragen), Elton-John-Hosenträger. Okay, ich war bereit, neue Freunde zu finden. Innerhalb des katastrophalen Gesamtbilds war meine Frisur zu einem unbedeutenden Detail verkommen.

Als mein Lebensmittelalter vorbei war, stellte ich mir das Frisurenproblem erneut. Ich war in der zwölften Klasse auf dem Gymnasium, die Spange war weg, und ich hatte die Segnungen von Kontaktlinsen für mich entdeckt, es war wie in diesen amerikanischen Spielfilmen, in denen sich das hässliche Entlein urplötzlich in einen wunderschönen Schwan verwandelt. Meine Haarsituation hatte mittlerweile wieder das »Ich-Jane-du-Tarzan«-Stadium erreicht, eine verhedderte Matte ohne Föhn und Form. Ab und an zupfte ich mir irgendwelche Sachen heraus, die sich darin verhakt hatten, getrocknete Zahnpastakleckse, einen Knopf, einmal sogar eine Nudel mit Pesto. Ich beschloss, dass ich nun eine junge Dame sei und einen ordnenden Eingriff gebrauchen könne, also kehrte ich zum Friseur zurück (einem anderen), der mir erneut einen Kürzesthaarschnitt verpasste, wie zu Kindergartenzeiten. So durchlebte ich bis zur letzten Abiprüfung meine zweite Kindheit.

Ich habe folgende Theorie: Die Kindheit der Haare endet, wenn du mit dem Färben anfängst. Was in meinem Fall mit sechzehn war, die große Hennainitiation. Stand mir gut. Dann verfiel ich der Sünde der Hybris und probierte eine Supermarkttönung aus. Auf der Packung stand

»Kupferrot«, zu meinem Leidwesen wurde es Hare-Krishna-Orange. In Tränen aufgelöst kehrte ich zum Friseur zurück und bat ihn, mir diese schreckliche Farbe zu korrigieren. Das Ergebnis erstaunte selbst ihn, denn er schaffte es, eine noch grausamere Farbe zu finden, ein ins Rostige neigendes Kupfer, was in Kombination mit der Topffrisur, die er mir verpasst hatte, aus meinem Kopf eine Bratpfanne machte. Es ist ja bekannt, dass alle Haarfärbeversuche im Leben einer Frau dazu dienen, zur vorherigen Farbe zurückzukehren. Mit der ersten Färbung setzt ein Teufelskreis ein, aus dem du nicht mehr herauskommst. Du begehst einen groben Schnitzer nach dem anderen, mit exponentiell grotesken Ergebnissen, bis du am Gipfelpunkt den Friseurladen verlässt mit einer objektiv grausamen Farbe, was in meinem Fall rot mit metallisch blauen Strähnchen war (ich schwöre).

Das *Guinness-Buch*-würdige Grauen erreichte ich mit siebzehn. Ich hatte keinen Bock mehr, mich von einem falschen Rotton zum nächsten zu färben, und sagte: »Nun gut, dann eben lila, und basta.« Mal ganz davon abgesehen, wie schlimm ich auf einer Skala von eins bis zehn mit lilafarbenen Haaren aussah (leicht zu beantworten), war doch der entscheidende Punkt, dass Lila sich beim Rauswaschen innerhalb eines Monats in das zuvor gebleichte Platinblond zurückverwandelte, was mich zusammen mit dem nachwachsenden Schwarz für die Übersiedlung auf den Jupiter qualifizierte.

Mit achtzehn beschloss ich, dass mein Leben noch eine weiterführende Komplikation gebrauchen könnte, und so begab ich mich umweglos in das Labyrinth der Dauerwelle. Die Dauerwelle hat einen Vorteil: Du brauchst dich nicht mehr zu kämmen. Da ich mich sowieso nie kämmte, war der Vorteil vernachlässigenswert. Außerdem zieht sie einen Rattenschwanz von Unannehmlichkeiten mit sich. Erstens: Sie stinkt. Zweitens: Sie kostet ein Vermögen. Drittens: Sie macht die Haare kaputt. Viertens: Sie zwingt dich, vier Stunden mit Stanniolpapier auf dem Kopf herumzusitzen. Fünftens: Sie erfordert eine Menge Pflegeprodukte, die Geld kosten. Sechstens: Sie bleicht die Haare aus, weswegen du weiteres Geld fürs Färben ausgeben musst. Was seinerseits erstens stinkt, zweitens ein Vermögen kostet, drittens die Haare kaputt macht, viertens dich zwingt, drei Stunden mit Stanniolpapier auf dem Kopf herumzusitzen, fünftens ebenfalls ausbleicht. Ganz zu schweigen davon, dass die Haare nach der Dauerwelle glatt nachwachsen, du also den Haaransatz ständig aufplustern musst, wodurch sie noch mehr kaputtgehen, stinken und Geld kosten. Ich bin mittlerweile davon überzeugt, dass Junkiesein weniger Nebenwirkungen hat und zudem billiger ist. Um nicht zu sagen, dass man leichter wieder rauskommt.

Gott sei Dank blieb mir wenigstens eine Modewelle erspart, die gerade zu Ende ging, als ich in die Pubertät kam: toupierte Haare. Wenn ich Fotos aus jener Zeit sehe, fühle ich mich in das reinste Horrorkabinett versetzt: Fächerartig aufgefaltete Haare wie bei den Klimt-Frauen, die ja an sich schon obszön sind, dazu jede Menge Strass, Glitter und Möbelpacker-Schulterpolster, das kann man kaum alles aufzählen. Ich weiß noch, dass meine Mutter nach jeder Haarwäsche eine komplette Dose Haarlack auf ihrem Kopf versprühte. Am Ozonloch sind nicht etwa die Autos schuld, sondern meine Mutter in den Achtzigerjahren.

Ein weiterer Meilenstein in der blutigen Geschichte der Menschheit ist das unglückselige Kapitel der Kreppfrisur. Zum Glück tangierte mich auch der Krepplook nur am Rande, ich war etwa zwölf, als die Manie aufkam, sich Haare zuzulegen wie durch ein Waffeleisen gezogene Bandnudeln*, besonders lecker mit frischen Steinpilzen. Ich erinnere mich an endlose Sitzungen bei Freundinnen, wenn wir uns zu dritt oder viert gegenseitig mit dem entsprechenden Gerät die Haare riffelten. In jener Zeit waren selbst Barbiehaare gekreppt und, wenn ich recht darüber nachdenke, sogar die Tiefkühlkartoffeln. Kurz gesagt, eine Epidemie. Alles nahm plötzlich diese wellige Form an, ich selbst auch, ich ging schon ganz wackelig. Der Krepp kommt in der freien Wildbahn nicht vor: Er lässt sich nur durch ein besonderes Kreppeisen erzeugen, das ein Vermögen kostet und nach einem Monat im Regal verstaubt, gleich neben dem Lockenstab, den Lockenwicklern, der elektrischen Warmluftbürste und anderen Hilfsmitteln, die wir auf Anraten dieser niederträchtigen Kreatur namens Friseur erworben haben.

Wie von Zauberhand verteilt der Friseur das jeweils angesagte kostspielige Stylingprodukt in deinen Haaren und macht uns glauben, auch wir könnten uns nach Kauf dieses Produkts ganz bequem von zu Hause aus wunderbare Haare zaubern. Was natürlich blanker Unsinn ist, doch beim nächsten Mal fallen wir prompt wieder darauf herein. Mit dreißig hast du dann in deinem Bad eine Unzahl an Zaubertinkturen angehäuft, die einer Hexenküche würdig wären. Unter den Produkten, die ich mir habe andrehen

* Für uns hartgesottene Pastakenner: *tripoline*.

lassen (Schäume, Gels, Pflegepackungen, Spülungen, Öle, ölfreie Öle, farbige Mascara, Aufhellungssprays, Seidenampullen, Solarschirme, Aufbaushampoos, Balsame für die Haarspitzen, kurz: ein Faustschlag ins Gesicht der Armut), ist die idiotischste eine »Antiwindcreme«. Ausgehend von der (im Übrigen falschen) Annahme, dass Wind den Haaren schade, schmierst du dir dieses leichte, hauchdünne Fluid auf die Mähne, damit es deine Haare vor den Launen Aiolos' in Schutz nimmt. Schade nur, dass es immer, wenn du aus dem Friseurladen trittst, wie aus Eimern schüttet. Also drückst du dich dicht an den Mauern entlang und hältst dir schützend eine Tüte über die frische Pracht, ohne zu bedenken, dass deine absurde Haltung jeglichen Charme der neuen Frisur ruiniert, sollte dieser jemals existiert haben. Die ehrliche Antwort lautet: nein.

ICH WERDE ERWACHSEN (AUCH WENN ICH WEISS, DASS MIR DAS NICHT STEHT)

Cristian

Mit neunzehn bot sich mir endlich die Gelegenheit, aus Foggia zu fliehen: Ich wollte in einer anderen Stadt studieren. Das machte es mir zwar unmöglich, zu tun, was ich immer schon am liebsten getan hatte, nämlich gar nichts. Doch eine Luftveränderung hatte absolute Priorität, und ich war zu allem bereit.

Die Wahl des Studienfachs ist ein schwieriges Unterfangen, was rechtfertigt, dass sich alle Freunde und Verwandte eifrig daran beteiligen. In meinem Fall waren die gesetzten Ziele folgende: Kann ich das schaffen? (Diese Frage führte zum sofortigen Ausschluss von Mathematik, Physik, Ingenieurswesen, Chemie, Architektur, Informatik, Medizin, alten Sprachen, Wirtschaft … und grenzte die Auswahl auf Kommunikationswissenschaften ein). Außerdem: Wie hoch ist der Anteil an guten Typen in dem Fachbereich? (Diese Frage führte zum sofortigen Ausschluss von Mathematik, Physik, Ingenieurswesen, Chemie, Architektur, Informatik, Medizin, alten Sprachen, Wirtschaft … und grenzte die Auswahl auf Kommunikationswissenschaften ein.) Und dann noch: Wie viele Joints werden in der Fachschaft geraucht? (Diese Frage führte zum sofortigen Ausschluss von Mathematik, Physik, Ingenieurswesen, Chemie, Architektur, Informatik, Medizin, alten Sprachen,

Wirtschaft … und grenzte die Auswahl auf Kommunikationswissenschaften ein.)

Diskutiert man mit seinen Eltern hingegen die Wahl der Universität, sind die Kriterien andere. Ihr denkt vielleicht, nun ginge es statt um Joints und gute Typen um die späteren Berufsaussichten auf dem Arbeitsmarkt, aber weit gefehlt. Das Schlagwort lautet schlicht und ergreifend: Numerus clausus. Den finden sie toll. Der Numerus clausus ist das Boot, in dem Mütter auf dem stürmischen Meer Schiffbruch erleiden, *schwapp*. Auf das Fach kommt es dabei nicht an, Hauptsache es ist, schwer, seeehr schwer einen Platz zu bekommen.

»Möchtest du die Zulassungsprüfung für diese Hochschule probieren?«, fragte meine Mutter mit blitzenden Augen. »Es ist eine Privatakademie, sehr renommiert. Mit Numerus clausus«, fügte sie salbungsvoll hinzu.

Ich war mir sicher, dass ich das nicht schaffen würde, warum also opponieren: »Okay«, nuschelte ich hinterlistig.

An Bord eines klapprigen Zuges erreichten wir Mailand, wo sich besagte Hochschule befindet. Meine Prüferin empfing uns mit Handschlag: Sie war eine blonde und redselige Frau. Ich musste mich vor mein Blatt Papier setzen. Lässig und frei nach dem Zufallsprinzip verteilte ich meine Kreuzchen. Dann machte die Signora mit uns einen Rundgang durch die Schule, auffällig zügig und oberflächlich, als wolle sie ausdrücken: Das ist sie, aber zu viel will ich Ihnen gar nicht zeigen, damit Sie nicht zu enttäuscht sind, wenn das Kind nicht genommen wird. Meine Mutter blickte sich mit glänzenden Augen um.

Ein paar Tage später – wir waren wieder in Foggia – erreichte uns per Telefon die Unglücksbotschaft: Ich hatte bestanden. Meine Mutter legte auf und kam mir freudestrahlend entgegen. Ich vergrub den Kopf in den Händen. Bei der Vorstellung, in Mailand zu leben, grauste es mir, ganz zu schweigen von der Vorstellung, auf eine Privatschule zu gehen. Doch nun lag das Kind im Brunnen, und es blieb mir nichts anderes übrig, als eine Wohnung zu suchen, wo ich meine Joints bauen konnte.

Während ich über die Zeitung gebeugt Wohnungsannoncen mit dem Filzer umkringelte, schlich sich meine Mutter auf Samtpfoten von hinten an. Und zauberte aus dem Nichts eine Broschüre zum Vorschein.

»Was ist das?«

»Ach, nichts, ein Internat …«, antwortete sie ausweichend. »Da du zum Studieren wegziehst, dachte ich … Hier bekommst du wenigstens was zu essen … Und das Zimmer wird auch aufgeräumt …«

Das stank eindeutig zum Himmel.

»Wie bitte? Was ist das für ein Ort?«, fragte ich und setzte ruhig meine Brille ab.

»Katholisches Institut für das junge Mädchen«, erwiderte sie, als würde sie es gerade zum ersten Mal lesen.

Es war der Singular im Ausdruck »das junge Mädchen«, der mich zu einem klaren Nein bewog, erklärte ich ihr. Meine Mutter ließ nicht locker.

»Nein«, wiederholte ich barsch.

Nach zweimonatigem Disput leerte ich, um der Sache ein Ende zu bereiten, den bitteren Kelch des »Katholischen Instituts für das junge Mädchen«, für ein Probejahr, und zog mit meinem Gepäck vor das Tor der braven Klosterschwestern. Das Tor öffnete sich quietschend, auf der Schwelle erschien die katholische Version des Igor aus

Frankenstein jun. Das konnte kaum eine Nonne sein, allerhöchstens ein Nonn. Er trug keinen Schleier, bewegte sich breitbeinig und brummelte vor sich hin. Der Nonn lud sich meinen Koffer auf, quälte sich damit die Treppe hinauf und warf ihn in mein Zimmer.

Im Zimmer machte ich die Bekanntschaft von Matilde mit den kurzen Haaren. Wie ich schon bald herausfinden sollte, verbrachte Matilde-Bubikopf ihre gemütlichen Heimabende zurückgezogen in (meinem) Zimmer, um kleinen, völlig nutzlosen Nippes für die anderen Mädchen des Internats zu basteln: Sie fädelte Armbänder und Halsketten auf, bemalte Kärtchen mit Schönschrift und derlei Tütelkram mehr. Alle liebten sie, Matilde hier, Matilde da. Um mich hingegen scherte sich keine Sau. Dafür steckte beinah stündlich irgendjemand den Kopf herein, um Hallo zu Matilde zu sagen. Von der ersten Sekunde an beschloss ich, bei diesem absurden Theater nicht mitzuspielen, und verließ Türen schlagend das Zimmer. Wenn ich zurückkam, saß das Zwerglein aus dem Zauberwald immer noch da und klöppelte leise summend vor sich hin. Mein Entschluss stand fest: Ich musste mich ihrer entledigen, und zwar nach allen Regeln der Filmkunst.

Ich muss dazusagen, dass die Gepflogenheiten des Internats für mein Vorhaben ideal waren. Die Nonnen verbrachten den ganzen Tag betend in der Kapelle; wenn du also irgendeine Beschwerde vorzubringen hattest, weil beispielsweise das warme Wasser nicht funktionierte, konntest du es niemandem melden, denn es war strengstens verboten, die Nonnen beim Beten zu stören.

Eines Abends kam ich ins Zimmer und meinte zu Matilde, das blonde Mädchen aus dem ersten Stock habe mir gesagt, dass Schwester Paola nach ihr suche. »Ach«, rief sie aus und ließ unverzüglich ihre Perlen fallen. Sie stand auf und verschwand eilig durch die Tür. Ich streckte mich auf dem Bett aus und genoss die beste Zigarette seit Langem, während ich darauf wartete, dass Matilde aus der Kapelle gejagt wurde. Denn natürlich, ich brauche es kaum zu sagen, gab es kein blondes Mädchen aus dem ersten Stock. Wollüstig sog ich das Gift in mich ein. Wenige Minuten später kam Matilde zurück und sagte, Schwester Paola sei beim Beten. Offensichtlich war es ihr nicht im Entferntesten in den Sinn gekommen, sie dabei zu stören.

Ich ging zu Plan B über: die Sonntagsmesse. Der Besuch der Sonntagsmesse war Pflicht. Wer sich, aus welchem Grund auch immer, bei der Eucharistie nicht blicken ließ, brachte ein Rudel von dreißig zürnenden Nonnen gegen sich auf, die einen behandelten wie das schwärzeste aller Schafe. Um zehn Uhr am Sonntag rief ich unter meiner Bettdecke heraus nach Matilde und tat so, als hätte ich schreckliche Schmerzen. Ich bat sie, mir etwas aus der Apotheke zu besorgen (bevor sie die Notdienstapotheke gefunden hätte, wäre die Messe längst vorbei, hehe). Matilde tastete meinen Bauch ab, um herauszufinden, wo es mir wehtat. »Da, da«, rief ich heuchlerisch. Sie sah mich düster an und ergriff ihren Mantel: Mach dir keine Sorgen, sagte sie. Mir blieb nichts anderes übrig, als den Kopf ins Kissen zu werfen, *bumm*. Matilde eilte hinaus.

Zehn Minuten später hielt ich mit fromm gefalteten Händen und rougegeröteten Wangen meinen jungfräulichen Einzug in die Heilige Messe, bereit, Matildes Abwesenheit zu vermelden. Die Nonnen wandten sich wie ein Mann zu mir um. »Geht es dir wieder besser?«, fragten mich die

Mädchen, *tätschel tätschel*. Matilde hob den Kopf von ihrem Kniebänkchen und sagte, sie habe für mich gebetet, und, hey!, offensichtlich hatte es funktioniert.

Plan C.

Bevor ich Plan C darlege, muss ich euch das einem militärischen Terrorregime würdige Klima erläutern, das im Internat der ehrwürdigen Schwestern herrschte. Wenn man ausgehen wollte, musste man an der Portiersnonne vorbei, welche die ordnungsgemäße, sittsame Kleidung der Mädchen überprüfte, bevor sie die Schwelle übertreten durften. Nach zehn Uhr abends kam man nicht mehr herein, sondern musste im Freien nächtigen. Das Zimmer durfte niemals unordentlich sein, da die Schwestern unangekündigt kontrollieren kamen. Freundinnen von außerhalb mitzubringen war nicht gern gesehen. Männerbesuche natürlich verboten. Vom eigenen Freund ganz zu schweigen – au weia.

Zu jener Zeit hatte ich eine Affäre mit einem gewissen Cristian, einem ein Meter neunzig großen Adonis, blass, schlank, wirrer Bart, Dreadlocks bis auf den Rücken, grüne Augen, Kettenraucher, Bariton, ein Knaller. Ich war damals noch keine große Trinkerin und wurde komplett von Cristians Alkoholzirkel aufgesogen, dessen Ehrenvorsitzender er war. Mit ihm war ich von morgens bis abends racke. Wenn ich ins Internat zurückkam, lächelte ich schwankend den Schwestern zu, klammerte mich am Geländer fest, lächelte wieder, warf kleine Kreuzzeichen wie Kusshände in alle Richtungen. Ich wurde misstrauisch beäugt. Zwischen einem Rausch und dem nächsten beschränkte sich die Unterhaltung mit meinem Liebsten auf den Austausch von »dohs«, mit monotoner Stimme wie Homer

Simpson. Wir trafen uns, und statt eines Kusses oder Hallos sagten wir: »Doh«. Hatten wir noch eine Flasche Wein bestellt, verfolgten wir dankbar ihren Weg zu unserem Tisch und hießen die wohltätige Kellnerin mit einem sonoren »doh« willkommen. Selbst unsere Orgasmen wurden von einem halb abwesenden »doh« angekündigt. Alles andere verlief in absoluter Stille, unterbrochen höchstens von einem leichten *pling* beim Anstoßen.

Die Tatsache, dass ich locker dreißig Zentimeter kleiner war als Cristian, führte dazu, dass wir in Gesellschaft wirkten wie Pinocchio und die Grille. Cristian stromerte ziellos durch Mailand, immer auf der Suche nach wer weiß welchem Heilsversprechen am Horizont, während ich als wandelndes Gewissen um ihn herumtrippelte und ihn davon abhielt, unter die Straßenbahn zu geraten. Meine Aufgabe bestand darin, sein Lenkrad herumzureißen, den Kleinkram aufzuheben, der ihm aus den Taschen fiel, auf seine Jacke einzuschlagen, damit sie nicht in Flammen aufging, seinen Kopf in die Richtung zu drehen, in die er schauen sollte. Es gab auch Augenblicke größerer Nüchternheit, zumindest bei mir. In diesen Momenten brach unser linguistisches Einvernehmen auf »Doh«-Basis völlig zusammen und ging über in aufgebrachte Drohreden meinerseits, bei denen ich ihn gewöhnlich an den Haaren zog, um seine Aufmerksamkeit auf mich zu lenken, ähnlich wie man am Seil einer Glocke zieht.

Unsere Beziehung als Paarbeziehung zu bezeichnen wäre der Sache nicht ganz angemessen. Es war ein Dreieck aus mir, Cristian und dem Alien. Letzterer war meist auch der Anlass unserer Streitereien. Cristian soff wie ein Loch, und wenn er trank, also immer, hatte er mit einer unheilvollen Präsenz zu kämpfen, die sich seiner bemächtigte, so sagte er, die sich irgendwo in Nabelhöhe aufhielt und ihn merkwürdige Dinge tun ließ. Meine niedrige Statur erlaubte mir, privilegierte Beziehungen zu dem Eindringling zu unterhalten: Ich sah ihm direkt ins Gesicht und machte ihm Vorhaltungen. Was fällt dir nur ein, im Kaufhaus auf die Alte loszugehen? Warum bist du so versessen darauf, es von hinten zu machen? Findest du es passend, vor meinen Freundinnen zu rülpsen? Dann ging ich zu Cristian über: Von unten nach oben, mit hochgerecktem Zeigefinger, las ich ihm die Leviten. Wann hörst du endlich auf, dich volllaufen zu lassen? Hast du gefrühstückt? Warum bist du nicht ans Handy gegangen? Und so weiter. Die beiden sahen mich nur bedröppelt an und reichten mir die Pulle. Vielleicht verstanden sie nicht, was ich sagte; schließlich bekomme ich häufiger zu hören, dass ich mich so kompliziert ausdrücke.

Ich versuchte also, mein Vokabular auf den Grundwortschatz von Haus, Mama und Baum zu reduzieren. Keine Reaktion der beiden. Normalerweise genehmigte ich mir dann einen Schluck.

»Du würdest perfekt zu dieser Autistin Matilde passen«, brach es an einem meiner seltenen nüchternen Tage aus mir heraus, und ich schlug ihm die Tür vor der Nase zu. Ich sagte das ganz generell, sowohl zu ihm als auch zu seinem nervigen Freund.

Pling, ging mir ein Licht auf.

Wenn es mir gelänge, Cristian auf mein Zimmer zu schleusen, Matilde unter Drogen zu setzen, sie auszuziehen, ihn ihr in die Arme zu werfen und dann die Mutter Oberin mit einer Ausrede herbeizulocken und sie – du lieber Gott! – mit den zwei Schweinigeln, drei, wenn man den Fremden einrechnete, zu konfrontieren, dann wäre die Partie gegen die Schönschriftkärtchen ein für alle Mal gewonnen.

Am selben Abend, als ich ihm die Tür vor der Nase zugeschlagen hatte, tauchte Cristian stockbesoffen unter meinem Fenster auf. Er hatte die Ukulele mitgebracht, die bei ihm an der Wand hing, zupfte mit seinen grobschlächtigen Händen auf ihr herum und jaulte wie ein Eisverkäufer in der Wüste. Ich ging ans Fenster, um ihm zu sagen, er solle sich schleunigst vom Acker machen. Doch seine Worte sprudelten weiter: Der Kern des Liedes besagte, dass er den Alien abschaffen würde, dass er sich einen Job suchen wollte und mich nicht mehr von hinten vögeln würde. Ich hörte, wie nach und nach die Fensterläden der Nonnen aufklappten. »Pssst! Pssst!«, zischte ich ihm zu. Im selben Augenblick öffnete sich die Pforte, und der Nonn mit den Fußballerbeinen kam heraus. Cristian zeigte schwankend auf mein Fenster und bat darum, zu mir zu dürfen. Mit gefletschten Zähnen versuchte ich zu lächeln und machte nein, nein mit der Hand in Richtung der Schwestern. Man glaubte mir nicht.

Am nächsten Tag wurde ich höflich aufgefordert, das Internat zu verlassen, wegen Faulenzerei und Nichtsnutzigkeit. Die gute Matilde half mir beim Packen und schenkte mir zum Abschied ein pfeildurchbohrtes Herz aus Suppennudeln. Wunderschön.

Mein Vater ist Peter Sellers

Alles, was man gemeinhin über Mailand sagt – Boomtown, Mode, Schuhe, Ramazzotti, Shopping –, trifft zu. Es ist gar nicht so einfach, andere Städte zu finden, die so perfekt in ihr Klischee passen: In Palermo läuft niemand mit *coppola e lupara* herum*, und es stimmt nicht, dass in Neapel vor jeder Pizza ein Mandoline spielender Dickwanst mit Schnurrbart sitzt und *O sole mio* singt. Mailand hingegen erfüllt alle Erwartungen: Der Campari, die durch die Geschäfte streifenden ausgemergelten Models, die sniffenden Jungmanager, alles, selbst die absurde Obsession für Schuhe, von denen jeder Einwohner ungefähr dreitausend Paar hat, findet sich in dieser Stadt. Der echte Mailänder wird an diesem Punkt protestieren. Er wird sagen, dass Mailand früher anders war, dass *wir* dieses Chaos angerichtet haben, die ganzen Süditaliener aus Apulien, all die Leute, die auf ihren Flößen stranden, dann plötzlich das gelobte Land entdecken und es mit einem Rülpser aufsaugen. Stimmt. Zu Recht sagt der Journalist Curzio Maltese, dass das echte Mailand, also das des politischen Theaters,

---

* Indes gelangte die landestypische Kopfbedeckung *coppola* in jüngster Zeit durch Brad Pitt zu neuen Ehren, was von der abgesägten Schrotflinte *lupara* wiederum kaum zu erwarten ist …

der Arbeiterproteste, die laizistische, ironische, anarchistische, aufklärerische Stadt, nicht mehr existiert. Aber auch den echten Mailänder gibt es nicht mehr, und selbst wenn es ihn gäbe, würde er niemals dieses Buch kaufen, deshalb können wir getrost zu unserem Bauchnabel zurückkehren.

Zwischen mir und Mailand stimmt einfach die Chemie nicht. Ich hätte nie nach Mailand gehen sollen. Ich bin wie mein Vater, ein soziales Desaster, eine totale Niete, die Nemesis des Savoir-faire. Als ich zum ersten Mal *Der Partyschreck* mit Peter Sellers sah, erstarrte ich quasi zur Salzsäule: Die Hand vor den Mund geschlagen, verfolgte ich atemlos den Film. Diese Achtlosigkeit im Nerven seines Nächsten, die Fähigkeit, immer zur falschen Zeit am falschen Ort zu sein und sich in Gesellschaft daneben zu benehmen: unglaublich, aber wahr, Peter Sellers – das ging mir plötzlich auf – war genau wie mein Vater. Und was schlimmer ist, ich bin auch genau wie mein Vater, sodass ich in letzter Konsequenz Peter Sellers bin. Sehr erfreut.

Peter Sellers ist die Person, mit der sich mein Verhältnis zu Mailand am besten beschreiben lässt. Einerseits ist es entsetzlich für mich als Emigrantin, Staatenlose, Flüchtling. Zum anderen grotesk: wie ich umherstolpere, von einem Fettnäpfchen ins nächste trete und das dann verzweifelt zu überspielen versuche, indem ich mich am Brunchbüfett festkralle und dabei versehentlich die Schnittchen auf die Gäste und den Couscous auf die Pitbulls ergieße. Ich bin die schlimmste cineastische Karikatur des Durchschnittsitalieners, schon seit ich zum allerersten Mal am Hauptbahnhof ausstieg: Ich war der Archetyp des Landeis, inklusive geflickte Koffer und Häkelmütze mit Ohrenklappen auf dem Kopf, Typ Dante Alighieri. In den ersten drei Monaten meines Aufenthalts fand ich in Cristian meinen abgewrackten Gegenpart: meinen Stan, meinen Tom, meinen Foxi. Dann endete unsere Beziehung, ich wollte es so. Ich fühlte, dass ich einen verlässlichen Bezugspunkt an meiner Seite brauchte, der irgendwie nüchterner war. Da ich in meinem Zustand keine neue Liebe fand, wurde Simo La Simo meine Schulter zum Anlehnen.

Simo La Simo lernte ich kennen, als ich aus dem Schwesterninternat rausgeflogen war. Ich brauchte dringend eine neue Bleibe, also wanderte ich durch die Straßen auf der Suche nach Aushängen. Ich fand ein »Zu vermieten«-Schild, das so verblichen und abgeranzt aussah, dass es auf einen erschwinglichen Preis hoffen ließ; es hing an einem prächtigen Haustor in der Nähe der Stazione Garibaldi. Ich wählte die angegebene Nummer, und es antwortete eine Kalabrierin mit norditalienischem Akzent, Simona aus Cosenza. Ich ging zu ihr, sie zeigte mir die Wohnung, in der Küche leerten wir ohne viel Worte eine Flasche Kräuterschnaps (Amaro del Capo: »Trink, ist lecker, hat mir meine Mutter geschickt«), und eine Woche später zog ich bei ihr ein. Ich nannte sie Simo La Simo, denn der Grundton unserer Unterhaltungen erinnerte mich an einen Comic meiner Kindheit, *Eidechse-die-Eidechse*. Plot: Eine Eidechse trifft eine andere Eidechse: Dialog: »Hallo!« – »Hallo!« – »Was Neues?« – »Nein!« – »Tschüss dann!« – »Tschüss!« Und sie gingen auseinander. Wir waren genauso. Und dazu arm wie die Kirchenmäuse.

Den Bäcker unter unserem Haus nannten wir immer »Prada«: Wir wohnten in der teuersten Gegend der Stadt, ein Stück Pizza zu kaufen kam einem Aderlass gleich. Deshalb lebten wir hauptsächlich von den Carepaketen, die uns aus der Stiefelspitze erreichten: eingelegte Auberginen mit Peperoncino, eingelegte rote Zwiebeln, Soppressata-Salami sowie eine unnennbare Reihe von Soßen im Glas, die nicht voneinander zu unterscheiden waren und in denen wahlweise kleine Fische, Schweinefleischbrocken oder ganze Chilischoten schwammen. Gegen Ende März, wenn die Botox-Auberginen aufgegessen waren, machten wir die Dosen mit den gefüllten Schweinefüßen auf, die wir nach Weihnachten im Sonderangebot im Hinblick auf härtere Zeiten gekauft hatten.

Die Atmosphäre in unserer Wohnung erinnerte an Charles Dickens' *Christmas Carol*, nur dass anstelle von Tiny Tim, dem humpelnden Kind, Pulsatilla herumsaß, das Mädchen mit der chronischen Gastritis aufgrund scharfer Auberginen. Statt des süßen kleinen Fred gab es das total verängstigte kleine Kaninchen Cesare. Der arme Cesare sah uns immer mit aufgerissenen Augen aus seinem Käfig heraus an, als wüsste er, dass er früher oder später zusammen mit den kalabresischen Pilzen im Ofen landen würde. (Klugerweise kam uns Cesare zuvor: Eines Morgens fanden wir ihn tot im Käfig, der Tierarzt sagte, ein Infarkt habe ihn dahingerafft.) Wir hatten auch zwei Spinnen, Tecla und Vlady. Tecla fanden wir unter dem Waschbecken, Vlady im Salat: Voller Mitleid beschlossen wir, sie zu adoptieren, und so kam es, dass wir noch zwei hungrige Mäuler mehr zu stopfen hatten. Innerhalb kürzester Zeit wurden aus den Mäulern drei, da Simo La Simo ein Chamäleon geschenkt bekam, Felipe, der seinerseits Grillen und Würmer brauchte, lebend, versteht sich, die fröhlich *Cri cri* rufend im Todestrakt zwischen Spinnen und Reptilmutant lebten.

Zur Krönung des Bildes züchtete Simonas Freund Insekten, das heißt, er kaufte Angelköder und bewahrte sie so lange im Warmen auf, bis aus ihnen Fliegen wurden; aus manchen wurden auch – zu meinem, Teclas, Vladys, Felipes, Eidechse-die-Eidechses und der Würmer großen Erstaunen – Schmetterlinge. Beim Betreten unserer Wohnung erklangen die Titelmusiken von *Sandokan* und *Expeditionen ins Tierreich*. In diesem ganzen faszinierend vitalen Lebenszyklus kam es mir selbstverständlich gar nicht erst in den Sinn, mich auf so etwas wie Prüfungen vorzubereiten. Die meiste Zeit verbrachte ich damit, Experimente mit dem Chamäleon zu machen, seinen Käfig mit Postern von Kim Rossi Stuart zu tapezieren und zu beobachten, ob es sich in den Filmstar verwandeln würde. Simo La Simo hingegen war den Großteil ihrer Zeit damit beschäftigt, die dem Todestrakt entronnenen und wie verrückt herumspringenden Grillen wieder einzufangen, die sie tot, lebendig und manchmal leider auch in ihre Einzelteile zerfallen in den hintersten Winkeln der Wohnung wiederfand, vor allem in meinem Bett, das auch »My fucking Bett« genannt wurde.

Mein Verhältnis zur Uni war schwierig. Ich ging auf eine private Einrichtung mit horrendem Schulgeld, das meine Eltern nur aufbringen konnten, indem sie sich Geld liehen. Die meisten meiner Kommilitonen aber schwammen im Geld. Fast alle kamen morgens auf ihrem schicken Motorrad angebraust, nahmen den Helm ab wie in der Tuborg-Werbung und schüttelten ihre frisch in Form gebrachten Mähnen. Die Mädchen sahen aus wie vom Laufsteg, rank und schlank, mit makelloser bronzefarbener Haut, Sonnenbrille von Chanel. In der Pause saßen sie in lockeren

Grüppchen auf den Gartenstühlen, plauderten und zeigten ihre weißen Fingernägel, die regelmäßig der *french manicure* unterzogen wurden. Ich blieb außen vor. Ich trug eine rote Bomberjacke, die ich auf dem Markt in Foggia gekauft hatte, außerdem war ich eher klein und eher übergewichtig und trug den Spitznamen »Il Gabibbo«*. Einmal kam ich zu spät zur Vorlesung, und nachdem ich meinen Roller abgestellt und mich beim Professor entschuldigt hatte, klagte ich vor versammelter Mannschaft über Mailands mörderischen Verkehr: Noch nie in meinem Leben sei ich so oft beleidigt worden wie von den Mailänder Autofahrern. Da rief mir jemand von hinten im Saal zu, ich solle es doch mal mit einer anderen Jacke probieren. Ich war ausgegrenzter als jede unglückliche Vollzeitarbeitslose aus einer Soziodoku eines Privatkanals.

Nach Marzias Aussage, die später meine beste Freundin werden sollte, redete ich wie Lisa Simpson und aß wie ein Schwein. Eines Abends führte mich ein Hiwi in eine ultracoole Bar auf dem Corso Como aus, wo uns zum Aperitif ein Tellerchen mit winzigen, schlanken Böhnchen serviert wurde. So etwas hatte ich noch nie gesehen, und ich stopfte sie samt Hülsen in mich hinein. Auch erinnert Marzia mich gerne daran, wie ich am ersten Vorlesungstag ganz vorne in der ersten Reihe saß und an einem fettigen Stück Pizza kaute. Während der Professor über Italiens bekannteste Werbeagentur Armando Testa dozierte, meldete ich mich und fragte mit vollem Mund ganz locker vom Hocker:

---

* Ein in Italien allseits bekanntes feuerwehrrotes Fernsehmaskottchen, eine schlimme Mischung aus Bibo und Samson und zudem – das ist fast noch schlimmer – für Erwachsene.

»Sorry, du, aber ... der gute Armando ist schon Fressen für die Würmer, oder?«

In meinem ersten Jahr in Mailand legte ich mir auch mein allererstes Abendkleid zu. Die Schule veranstaltete ein Fest, und ich wollte mich rehabilitieren. Also verordnete ich mir und den Spinnen einen Monat lang einen strengen Sparkurs. Mit dem Ersparten ging ich in einen Laden auf der Via Garibaldi und erstand ein schlauchartiges Cocktailkleid, in dem ich aussah wie ein Straußenei, dem man ein Kondom übergestülpt hatte. Auf pflaumenfarbenen Stöckelschuhen, die ich auf dem Flohmarkt erstanden hatte und die rein gar nichts mit dem Kleid verband, wackelte ich auf das Fest wie Pinocchio bei seinen ersten Gehversuchen. Nach einer Viertelstunde zog ich sie aus, tanzte barfuß weiter und kehrte mit den Schuhen in der Hand nach Hause zurück. Als ich der Bahn hinterherrannte, hüpfte mir eine Titte aus dem großzügigen Ausschnitt, und die Jungs in der Bahn lachten sich kaputt. Ich machte mich zum Gespött der gesamten Poebene.

Im zweiten Jahr lief es besser, das Jahr, in dem ich New Age entdeckte. Meine Wohnung füllte sich mit Teppichen, Räucherstäbchen, aromatisierten Tees, Antistresssalben und Ethnokissen, ich lief in langen, weiten Röcken herum, die mir bis über die Schuhe reichten. Ich begann, Sätze wie diesen von mir zu geben: »Du brauchst eine Sternenreise, Mars steht gegen dich, schließ Frieden mit Juno.« Alle drei Stunden zog ich ein Fläschchen aus der Tasche und tröpfelte mir mit dem Gestus der Heiligkeit zwei oder drei Tropfen Bachblüten unter die Zunge, um mich anschließend ein paar Minuten zu sammeln, als hätte ich die Hostie empfangen. Ich nahm ab: Der chinesische Arzt hatte gesagt, mein Körper vertrüge keine Milch und Milchprodukte, ebenso wenig Hefe und Hefeprodukte, Tee, Kakao, Zucker, Alkohol, Fleisch, Krustentiere, Muscheln, Erdnüsse, Knoblauch, Zwiebeln, Minze, Lakritze und Eier. Mit anderen Worten, ich kramte mein altes Magersuchtslaster wieder hervor, das mir schon früher so gute Dienste geleistet hatte, mit dem Unterschied, dass dieses Mal nicht der Schülervertreter schuld war, sondern Krishnamurti, dessen Name Anlass genug für eine gehörige Portion Skepsis hätte sein müssen. In den Pausen, wenn meine Kommilitoninnen rauchend im Garten saßen, blieb ich abseits, massierte mir die Zentralmeridiane und sprach mit meinen Chakren. Mein Name war auch nicht mehr Valeria, ich hatte mich in Samadhi umgetauft. Was nichts änderte, da alle anderen mich nach wie vor *Gabibbo* nannten.

Narziss und Plüschohr

Wenn wir bei der Post anstehen, würdigen wir niemanden eines Blickes. Im Aufzug starren wir zu Boden. Wird uns jemand vorgestellt, haben wir seinen Namen innerhalb von zwei Minuten wieder vergessen. Kann mir da mal einer sagen, warum im Internet jeder Idiot etwas mitzuteilen hat und wir ihm auch noch mit glühendem Interesse zuhören? Die Tatsache, dass der Gesprächspartner kein Gesicht hat, scheint ihm ein nebulöses Charisma zu verleihen, plötzlich wollen wir alles über ihn wissen, den Schleier zerreißen, in das Geheimnis seiner Seele schauen, die Wahlverwandtschaft enthüllen, die unsere Interaktion so bedeutsam macht. Ich habe einen Großteil meiner verschwendeten Jugend wie eine Schiffbrüchige vor dem Computer verbracht und bin dabei durch einen dunklen, dichten Wald von Psychopathen aller Art geirrt, mit denen ich mich hin und wieder, wie bereits erwähnt, auch körperlich vereinigte. So viel zum Chatten. Seit ich aber blogge, hat sich die Möglichkeit, neurotische Beziehungen anzuknüpfen, mindestens verdoppelt, denn nun können die Surfer sich mir anbieten, noch bevor ich überhaupt ein Wort an sie gerichtet habe.

Ich startete meinen Blog vor drei Jahren, auf der Suche nach einem Ausweg aus dem existenziellen Drama meines Mailänder Lebens. Unerfüllt von der Gesellschaft der verschiedenen Felipes, Teclas, Vladys und Eidechse-die-Eidechsen, suchte ich Kontakt zu der nicht minder tierhaften Welt der Cybernauten. Ich begann die Nachricht in meinem Bekanntenkreis zu verbreiten, der einstimmig mit dem Ausruf »Block? Was denn für ein Block?« reagierte. An ihrer Aussprache (die Cks schossen mir nur so um die Ohren) erkannte ich, dass ihnen die Bedeutung des Begriffs völlig obskur war. Heute weiß sogar meine Oma, was ein Blog (vorne und hinten weich) ist, eine Weile hegte ich sogar den begründeten Verdacht, dass sie selbst einen hat, aber damals war das anders: Man musste haarklein erklären, worum es sich handelt (eine Website, ein bisschen wie ein Tagebuch, in das du jeden Tag irgendwas reinschreiben kannst … *capito*?). Keiner meiner Freunde glaubte, dass jemand irgendetwas von Wert auf der Seite zustande bringen würde, deshalb machte sich kaum einer die Mühe nachzuschauen. Gleichzeitig aber ergingen sich völlig unbekannte Leute, die zufällig auf meiner Seite landeten, in wortreichen Ratschlägen, überschwänglichem Lob und wilden Solidaritätsbekundungen. Viele wollten mich, nachdem sie meinen Blog gelesen hatten und obwohl sie mich noch nie gesehen hatten, vom Fleck weg heiraten oder, häufiger noch, in den hundert Stellungen des *Kamasutra* (oder wie viele es sein mögen) mit mir vögeln. Ein paar von ihnen haben es geschafft (da ich nicht verheiratet bin, beziehe ich mich hier auf Letzteres).

Meine Wanderjahre im Chat hatten mich gelehrt, dass das Internet ein Ort ist, den man auch, wenn nicht vor allem, mit dem Ziel der Kopulation frequentiert, oder ganz naiv gesagt, eine Theaterbühne, auf der alle gnadenlos aufschneiden, um ein wenig toller zu wirken. Der *fünfund-*

zwanzigjährige Delfin aus Mailand ist oft ein älterer Herr aus dem fernen Umland, und der betörende *Monsieur Sex* aus Ventimiglia kann sich genauso gut als Körperbehinderter aus Trapani entpuppen. Wie es diesen kühnen jungen Männern letztlich gelang, mich unter ihre Bettdecke zu locken, wird immer ein Geheimnis bleiben: Die wahrscheinlichste Wahrheit ist die, dass sie auf die wunden Punkte meines Narzissmus zielten und ich prompt anbiss. Das Klischee, alle Blogger seien Narzissten, ist total begründet: Abgesehen davon, dass ich selbst dem Handbuch des globalen Narzissmus entsprungen bin, entspricht die Zahl der Narzissten, auf die ich im Netz gestoßen bin, tatsächlich der Zahl von Bloggern, die ich überhaupt traf. Die Menschen, die nur sich selbst lieben, werden selten wiedergeliebt – außer von sich selbst natürlich –, dank ihrer Restintelligenz, die ihnen sagt, dass es gegen das Völkerrecht verstößt, sein Leben in libidinöser Kontemplation des eigenen Bauchnabels zu verbringen. Sie sind also dazu verdammt, sich zu lieben und zu hassen, zu lieben und zu hassen, zu lieben und zu hassen, eine nie endende Schleife. Substanziell gibt es nur zwei Auswege: das Kloster, wobei die Kritikfähigkeit überwiegt und Strafe und Kasteiung des Fleisches den letzten Schutzwall vor dem Narzissmus bilden, oder der blanke Hedonismus, bei dem man die Intelligenz durch Zuhilfenahme chemischer Substanzen, totale Versenkung im Hier und Jetzt oder völlig haltloses Herumphilosophieren abstumpft und bis zur Zerrüttung masturbiert. Ich brauche wohl kaum zu erwähnen, dass ich nur auf Subjekte des zweiten Typs traf. Heillose Wichser.

Der beherrschte Einfaltspinsel. Der beherrscht einfältige Narziss ist der erste in der Chronologie jener, die mich deckten*. Er bändelt per E-Mail an, indem er schreibt, wir hätten einen ähnlichen Musikgeschmack: Die Anmache ist so alt wie Methusalem, funktioniert aber fast immer. Andererseits ist mein Musikgeschmack derart klassisch und untadelig, um nicht zu sagen zeitlos (beziehungsweise banal), dass selbst Theodor W. und Heino sich darauf verständigen könnten. Der beherrschte Einfaltspinsel sieht ein bisschen aus wie John Lennon zu *Sgt.-Pepper's*-Zeiten: Nickelbrille und herabhängender Schnurrbart. Wir treffen uns, finden uns ganz gut und gehen miteinander. Er findet, dass er total gut schreibt, ich finde, dass ich viel besser schreibe, und das war unser erstes Problem schon nach nur einwöchiger Beziehung. Das zweite Problem war, dass ich damals ein großer Karaokefan war und er mich nach zwei Wochen verließ, weil er behauptete, nicht mit einer Frau zusammen sein zu können, die sich mit dem Mikro in der Hand den Minirock zerreißt und dabei *Hit Me Baby One More Time* und *Heidi* singt.

Der Psycholabile. Der labile Narziss umgarnt mich mit der Entschuldigung, dass wir einen ähnlichen Musikgeschmack haben, gibt sich jedoch anfangs etwas geschmeidiger, offener, weniger streitlustig als sein Vorgänger. Was natürlich nicht stimmt. Er will mich unbedingt treffen, lässt mich eine Weile erzählen, um mich dann die verbleibende Zeit zu beleidigen. Dann entschuldigt er sich, und wir landen in der Kiste. Nach ein paar Tagen sagt er,

---

* Die Anleihe aus dem Tierreich ist rein zufällig, ehrlich.

er sei in mich verliebt, ich sage, ich auch. Dann sagt er, er habe es sich anders überlegt, also überlege ich es mir auch anders. Woraufhin er es sich wieder anders überlegt und sagt, nein, nein, in Wirklichkeit liebt er mich doch, aber ich verstehe den Wink und sage, du kannst mich mal. Also überlegt er es sich wieder anders und beginnt mich erneut zu beleidigen. Also beleidige ich zurück. Und wir trennen uns. Das ist seine Version. Ich sage, dass wir nie zusammen waren. Wenn er dieses Buch liest, ruft er sofort an und fängt wieder an zu streiten.

Der Kindliche. Der kindliche Narziss bändelt mit der Ausrede an, dass wir den gleichen Musikgeschmack haben, na so was. Was im Übrigen nicht stimmt, da er irgendwelche Indie-Bands mit unaussprechlichen Namen hört, Erlend Oye vs Minizza, Stereo-Total, Sons of '68, Chk chk chk, während ich Rem, Clash, The Who und andere Gruppen höre, für deren Namen man keinen Abschluss in Orientalistik braucht. Aber egal. Charakteristisch für dieses Individuum, außer, wie schon gesagt, sein unerwünschter und tadelnswerter Geschmack, war, dass er dreißig war und aussah wie nicht einmal achtzehn. Klein, schmächtig, zauselig: Man würde ihm nicht mal Zigaretten verkaufen. Der Lümmel pirscht sich schüchtern per E-Mail an mich heran, indem er mich bittet, ihm eine Compilation zu erstellen. Die goldene Regel, nach der alle Blogger Narzissten sind, gilt natürlich auch für mich, deswegen muss man nur den bestimmten Lustpunkt N reizen, und schon beiße ich an. Oh, klar, eine Compilation meiner Lieblingssongs? Warum nicht? Als wir uns zur CD-Übergabe treffen, merke ich, dass dieser Typ, so hübsch er auch sein mag, physisch wie mental immer noch ein Zwerg ist. Er macht sich ran, ich spiele mit, merke aber bald, dass er mich mit der gleichen Unschuld küsst, mit der Neugeborene Dinge an den Mund führen, um ihre Umwelt zu entdecken (außerdem kommt es mir bei seiner Frisur vor, als küsste ich Gitte). Ich überlege mir also, dass er gar nicht in der Lage ist, sich in mich zu verlieben, höchstens ödipal. Nachdem ich ihm mütterlich die Brust zum Saugen gereicht habe, knöpfe ich mir das Hemd wieder zu und fliehe.

Der Porno-Downloader. Der Porno-Downloader präsentiert sich anders als seine Vorgänger. Er kommt mir nicht mit seinen Musikvorlieben. Er ist derart von sich eingenommen, von seinen Sorgen und seiner Scheißmusik, dass es ihm nicht einmal im Traum einfiele, sich mit anderen zu vergleichen. Obwohl er aus sehr reicher Familie stammt, hat er beschlossen, sich nonkonformistisch in Lumpen zu hüllen und in den Suburbs zu leben, wo er den ganzen Tag kifft und wichst. Im vorliegenden Fall ist der Umstand, dass er sich zwei Mal täglich einen runterholt, ein klarer Hinweis darauf, dass er sich selbst aufrichtig verehrt oder einfach sehr viel freie Zeit hat, was mich beides gleichermaßen hätte aufhorchen lassen sollen. Stattdessen tappe ich voll hinein. Ich packe meine Koffer und ziehe zu ihm, frei nach dem Motto *für zwei Verliebte ist Platz in der kleinsten Hütte*, ich stelle mir meine Haare zum Kamm auf, schrubbe mit philippinischer Inbrunst seine Böden und erledige mit thailändischer Kunstfertigkeit feine Blowjobs. Er nimmt mich kaum wahr, oft kommt er gar nicht ins Bett, weil er sich einen netten Abend auf *www.tightassgirls.net* macht. Der Umstand, dass ich ihm permanent seine Unfähigkeit vorhalte, sich auf andere einzulassen, harmoniert nicht besonders mit seiner Überzeugung, im Grunde ein Gott auf Erden zu sein, und der Umstand, dass ich ihn trotz seiner Armut aufrichtig liebe, harmoniert nicht besonders mit der Tatsache, dass er sich selbst im Grunde genommen hasst (typische Tendenz von Narzissten). Er trennt sich und sagt, er habe sich geirrt, in seinem Leben sei kein Platz für die Liebe. Was stimmt, denn wer sich zwei Mal täglich einen runterholt, dem bleibt für anderes wenig Zeit.

Der Naturwissenschaftler. Der Wissenschaftlernarziss ist ein Sechser im Lotto. Er ist total weltfremd, macht aber keinen Hehl daraus. Er weiß, dass es völlig krank ist, in einer Bruchbude mit schimmelnden Balken zu hausen, aber er versucht das nicht zu verheimlichen, sondern trägt es mit aufrechtem Stolz. In einer geschliffenen Epistel mit beinahe bürokratischem Tonfall teilt er mir mit, dass die Lektüre meines Blogs seine Neugierde geweckt hat und dass er sich daher glücklich schätzen würde, mich kennenzulernen und, wenn möglich, auch zu ficken. Grandios: klare Worte, lange Freundschaft. Ich treffe ihn hoch oben auf einem Berg, und drei Tage lang wechseln sich fröhliche Begattung und Spaziergänge entlang des Teilchenbeschleunigers ab, was nicht einer gewissen apokalyptischen Poesie entbehrt.

Der narzisstische Fischer. Es gibt zwei Typen Männer, Jäger und Fischer. Die Jäger nehmen ihr Beutestück ins Visier, ein einzelnes, das sie vorher sorgfältig auswählen. Sie legen sich hinter dem Gebüsch auf die Lauer und erfinden trickreiche Fallen, bis sie es endlich in den Fängen haben. Das Urbild aller Jäger ist Bugs Bunnys kahlköpfiger Freund.

Der Fischer hingegen liegt entspannt auf einem Floß und braucht nicht mehr zu tun, als das Netz auszuwerfen. Nachdem er ein ausführliches Schläfchen gehalten hat, zieht er es heraus und sieht nach, was er gefangen hat.

Das Internet lockt die Fischer an, egal, ob Chat, Blog oder Forum. Die Fischer legen scharfsinnige Sätze aus, Schmeicheleien und nette Witze, und nach einem Tag gehen sie rund und sammeln alles ein. Im illustren Kreis von alten Schuhen, glatten Flaschenscherben und Forellengräten schwimme hin und wieder auch ich herum.

Dabei fehlt es ihm keineswegs an Zielstrebigkeit. Ohne Zweifel: Er ist der Beste. Er kann, er muss, er weiß, er geht. Er bestimmt, ob, wie und wann wir uns sehen. Er kann mir aus der Höhe seiner Milde herab sexuelle Gefälligkeiten erweisen oder nicht, andererseits verdiene ich eindeutig mehr. Er füllt seinen Mund mit Wörtern, deren Bedeutung ich nicht einmal kenne: exokrin, hyalin, marastisch, und im Bett bittet er mich, ihm das Kissen zu reichen, dann könne er besser die Vulva penetrieren. Ihr könnt euch vorstellen, dass ich so einen Idioten nicht länger als eine Woche aushalte.

Hier endet die Auflistung meiner Beziehungen mit Unbekannten aus dem weltweiten Netz. Nach dem Kreuzweg einer Bloggerin denkt frau wehmütig an die Zeiten zurück, als sie noch an den Theken irgendwelcher Bars angemacht wurde, vielleicht sogar, indem ihr jemand mit einer Hand den Hintern tätschelte.

Michele

Ein gewisses Maß an Lüge gehört zum Leben. Wenn die Nachbarin dich fragt, wie es geht, wäre es wenig angebracht, dein gesamtes Unglück vor ihr auszubreiten. Nein, du sagst einfach, es geht dir gut, Mama und Papa geht's auch gut, dem Hundi ebenso. Der Kollegin, die dich fragt, ob sie zugenommen habe, musst du antworten, nein, sie sei eben vollschlank, und die kleinen Rundungen ständen ihr super. Dem Mann, der dich fragt, ob es dir gefallen hat, musst du antworten, oh, lieber Gott, ob es mir gefallen hat, natürlich hat es mir gefallen, und wie, es war großartig, toll, himmlisch – was für eine Frage, ob es mir gefallen hat. Das nennt man »soziale Konventionen«, die man sich in der Übergangsphase von der Pubertät zum Erwachsenenalter aneignet. Eine Phase, die ich ganz offensichtlich noch nicht erreicht habe. Vielleicht war ich aber auch gerade auf dem Klo.

Im Übrigen darf man sich fragen, ob solcherlei Konventionen in einer festen Partnerschaft, geprägt von Intimität, Vertrauen und Aufrichtigkeit, überhaupt einen Daseinsgrund haben. Ich bin sowieso die falsche Person für diese Frage, da ich meine Lebensgeschichte jedem beliebigen Nachbarn im Aufzug vor die Füße knalle, der Kollegin sage, ja, stimmt, du bist ganz schön in die Breite gegangen, und nein, eigentlich habe ich im Bett schon Besseres erlebt. Ich bin absolut überzeugt davon, dass ehrlich am längsten währt, nichts so fein gesponnen ist, dass es nicht ans Licht käme, und Lügen kurze Beine haben. Die Wahrheit macht in meinen Augen das Leben leichter.

Ist ja klar, dass ich irgendwann einem klassischen Schaumschläger in die Arme laufen musste. Keinem normalen Schaumschläger, sondern dem Weltmeister aller Schaumschläger. Michele war der Größte, ein absolutes Schaumschlägergenie: Er tischte mir einfach alles auf und schaffte es, dabei wahnsinnig überzeugend zu wirken. Ich lernte ihn vor zwei Jahren am Flughafen von Kairo kennen, als ich auf den Flieger nach Mailand wartete. Ich war ganz in meinen Roman vertieft, als mir, *plob*, das Lesezeichen runterfiel. Eine freundliche Hand hob es für mich auf. Ein großer, schlanker, gut aussehender junger Mann mit tollem Lächeln und super Fairplay quatschte mich an. Schon als er mir sagte, ich besäße Ähnlichkeit mit Natalie Portman, hätte ich erkennen müssen, dass ich es mit einem Sprücheklopfer zu tun hatte. Stattdessen lief ich ihm arglos in die Arme wie Rotkäppchen dem Wolf.

Wir tranken einen ungenießbaren türkischen Kaffee im Flughafenbistro, wo ich ihm die Fotos zeigte, die ich in Ägypten geschossen hatte. Meine neue Bekanntschaft erging sich in Komplimenten, Kommentaren und Begeisterungsstürmen, zog seine eigenen Fotos hervor und lachte mit mir. Nach der Heerschar von verrohten und schamlosen Typen, an die ich zuvor regelmäßig geraten war, kam er mir vor wie eine Oase des Anstands, es war entspannend, ihn neben mir zu haben. Auf den Fotos, die er mir zeigte, fiel mir mehrfach eine rotgefärbte Tussi auf, so Mitte dreißig und etwas korpulenter. Ich fragte, wer sie sei. Die Reiseleiterin, meinte er. Ich hielt das für völlig plausibel und fragte nicht weiter, ich Volltrottel.

Am Ende lagen wir uns natürlich küssend in den Armen, vor dem Gate inmitten unseres ganzen Gepäcks. Nach zwei Minuten wollte er schnell noch klarstellen, dass er nicht vorhatte, sich zu binden, da ihm nicht danach war (wie originell!). Er sei jemand, meinte er, der sich grundsätzlich nicht gern bindet. Aber wir könnten uns ja sehen, hin und wieder. Gute Freunde und das übliche Geseiere.

Um ehrlich zu sein, finde ich diese Sache mit den guten Freunden, die sich gegenseitig die Zunge in den Mund stecken, gar nicht so schlecht, auch nicht an sich unmoralisch oder so. (Zumal ich Michele in einer Phase kennenlernte, in der ich fest entschlossen war, mich auf keine neue Beziehung einzulassen. Diesen Blödsinn nehme ich mir immer mal wieder vor, und was ich echt armselig daran finde, ist, dass ich dann immer denselben Satz zu mir sage: »Vor mir liegt eine lange Phase des Singledaseins«, mit dem Tonfall und der Vermessenheit eines höheren Verwaltungsbeamten, der seinen Mitarbeitern eine arbeitsreiche, aber auch umsatzstarke Zeit ankündigt.) Dann jedoch folgt leider das ewig gleiche Szenarium, das sich seit fünfundzwanzig Jahren wiederholt:

1. Ich verliebe mich, in der Regel in einen Deppen.
2. Der Depp sagt (oder lässt durchblicken): »Hey, Baby, lass die Finger von mir, *isch bin ene Räuber.*«
3. Ich nehme es zur Kenntnis.
4. Der Räuber setzt alles in Bewegung, um mit mir anzubändeln.

5. Ich sage, okay.
6. Er fragt, ob wir jetzt richtig zusammen sind.
7. Ich sage, ja.
8. So richtig, richtig zusammen?
9. Ja.
10. Also feste Beziehung?
11. Ja.
12. Einen Monat später sagt mir meine feste Beziehung (lässt vielmehr durchblicken), dass er sich geirrt hat und noch nicht bereit ist für eine Beziehung.
13. Ich sage, okay.
14. Er fragt, ob es in Ordnung ist, wenn wir uns trennen.
15. Ich sage, ja.
16. Also richtig, richtig trennen?
17. Ja.
18. Ficken?
19. Nein.
20. Freunde?
21. Niemals, wenn zwei sich lieben wie wir.
22. Okay, tschüss dann.
23. Tschüss.

Die Geschichte mit Michele folgte wortgetreu diesem Schema.

Nach einigen Wochen des freundschaftlichen Zungenaustauschs meinte er, er müsse mir etwas sagen, und führte mich dafür in eine Osteria. Was er mir sagen müsse, begann er und schenkte uns dabei Wein ein, war, dass er seine Meinung geändert habe, er sei in mich verliebt und wolle nun richtig, richtig, richtig mit mir zusammen sein.

Ich muss immer lachen, wenn Leute mir solche Sachen sagen. Dieser sinnlose Versuch, das nicht Kategorisierbare zu kategorisieren, wie Kant es gewollt hätte, diese Lust, die Beziehung in ein Schema zu pressen, sie zu benennen, zu definieren, zu messen, weckt in mir bestenfalls Zärtlichkeit, schlimmstenfalls eine Art Nesselsucht. Natürlich veränderte unsere Beziehung sich beim Übergang von »nicht-so-richtig-zusammen« zum »richtig-richtig-richtig-zusammen« nicht im Geringsten. Trotz des anderen Namens blieb ihre Substanz dieselbe. Um aber zusätzliches Generve zu umgehen, tut man am besten das Gleiche wie am Computer: immer auf O.K. klicken.

»Dann sind wir jetzt also so richtig zusammen?«

»O.K.«

»Aber so richtig, richtig, richtig?«

»O.K.«

»Wir wollen beide diese Beziehung?«

»O.K.«

Auch der gute Michele offenbarte innerhalb kürzester bis allerkürzester Zeit, dass er absolut nicht wusste, was er im Leben wollte, und begab sich so auf die illustre Spur seiner zahlreichen Vorgänger. Das erste Signal wurde mir eines Abends in einem Restaurant gesendet. Wir aßen frittierte Pizza mit äußerst stimmungsvollem Blick auf den Golf von Neapel. Trotz der Aussicht machte er eine Miene, als hätte ich seine Mutter umgebracht.

»Alles klar?«

»Nein. Um ehrlich zu sein, bin ich nicht besonders überzeugt von unserer Beziehung. Ich habe das Gefühl zu ersticken.«

Himmelherrgott, wie oft habe ich diesen Satz schon gehört? Neuntausend Mal? Zehntausend Mal? Nerv ohne Ende, abgrundtiefe Langeweile.

»Ah, verstehe. Tja, wenn es daran liegt, dass du mit anderen Frauen schlafen willst, dann schlaf mit anderen Frauen.«

»O nein, nein!«

»Warum nein, nein?«

»Dann würdest du ja mit anderen Männern schlafen.«

O Ödnis, o Tristesse.

»Sollen wir es so machen, dass du mit anderen Frauen schläfst und ich mit niemandem?«

»Nein, nein, das wäre nicht recht und billig.«

Das sagte er wörtlich, *nicht recht und billig*. Fand ich gut.

»Dann trennen wir uns eben.«

»O nein! Ich finde es toll mit dir, mir ging es noch nie so gut mit einer Freundin.«

Da war ja das mit Natalie Portman fast noch glaubwürdiger.

»Und was willst du machen?«

No response, das Programm hat eine ungültige Operation durchgeführt und antwortet nicht, sollen die Änderungen gespeichert werden? O.K. Mit langen Gesichtern verließen wir das Restaurant.

Etwa zwei Wochen später lag mein Schatz halb bekleidet auf dem Sofa und sah sich irgendeine englische Talentshow an.

Ich stürmte ins Zimmer und hielt eine leere Vierzigervorratspackung Präservative in die Höhe:

»Was guckst du denn Schönes, Liebster?«

»Ich gucke … Keine Ahnung, dieses Zeugs hier, *Friends of Mary Philips* bla bla.«

»Sag mal, ist das deine leere Vierzigervorratspackung Präservative?«

Güldenes Schweigen ...

»Es muss deine sein, sie lag unter deinem Bett.«

»Ja, die habe ich vor Monaten mal gekauft, gab's im Angebot.«

»Ach so. Aber hey, sie ist leer! Hast du der Katze vierzig Wasserbomben übergezogen oder was?«

»Hör auf damit. Ich hatte sie in Ägypten dabei, da kannten wir uns noch nicht.«

»Oh. Und wer war die Glückliche, die von diesen zahlreichen Präsern profitiert hat innerhalb von nur sieben Tagen?«

So stellt sich heraus, dass die Frau mit den roten Haaren, o Wunder, gar keine Reiseleiterin im engeren Sinne war, sondern eher eine im weiteren Sinne, man kann sagen, dass sie ihn während der Reise auch in die faszinierend buschreiche Pyramide geleitet hatte. Er verteidigte sich mit den Worten, das sei »eine alte Geschichte, nichts von Bedeutung«, weshalb er mir auch nichts davon erzählt hatte, um mich nicht zu verletzen. Freude pur.

Ich legte die Sache zu den Akten, mit größter Noblesse.

Nur drei Monate nach unserer ersten Begegnung steckte die Beziehung in einer tiefen Krise. Den Gnadenstoß versetzte ihr eine irgendwie geheimnisumwitterte Mandeloperation, wegen der er ein paar Tage ins Krankenhaus musste und mich auch nicht anrufen konnte. In den drei Tagen, die wir uns nicht hörten, wurde ich mit so zuckersüßen SMS überschüttet, dass ich fast Diabetes bekam. An eine erinnere ich mich noch besonders gut: »Es war Schicksal, dir zu begegnen, freie Wahl, dein Freund zu werden, doch

mich in dich zu verlieben unterlag nicht meinem Willen.«
Schön, oder? Schade nur, dass sein erster Satz bei unserem Wiedersehen lautete:

»Schau, ich weiß, du wirst das nicht gerne hören, aber du hast mir kein bisschen gefehlt in den letzten Tagen.«

»Aha.«

»Tut mir leid.«

»Nein, macht ja nichts. Aber eins würde mich doch interessieren: Wo kamen nur diese ganzen Scheiß-SMS her?«

»Ich habe mir etwas vorgemacht.«

»Schon klar, aber wo hattest du sie her?«

»Aus dem Internet.«

Grund genug, was mich betrifft, um mit einem Tastendruck seine Telefonnummer zu löschen und ihn direkt in das Paradies der Exfreunde zu schicken, ohne Umweg über Los. Leider war ich nicht schnell genug, und die Kanaille kam mir zuvor:

»Ich finde, wir sollten uns trennen.«

Mist, Mist, Mist. Das war mein Satz. Scheiße.

Von Freunden erfuhr ich dann, dass es ein klarer und weit verbreiteter Fall von »Ich habe mich in Mafalda verliebt: Wir haben es getan« war (siehe Kasten).

Zögert nicht, liebe Freundinnen, den Namen Mafalda mit Valentina, Laura, Steffi oder jedem beliebigen Flittchen zu ersetzen, das sich um neunzig Grad nach vorne beugt, um sich mit eurem Typen zu vereinigen. Die entscheidende Frage in diesen Fällen ist schlicht und ergreifend: »Wo ist der Hurenbock?« Ich marschierte klaren Kopfes und fuchsteufelswild zu Micheles Wohnung, packte ihn wortlos am Schlafittchen und schleuderte ihn gegen die Treppenhauswand.

»Das war nicht geplant«, röchelte der sich windende Wurm.

Klar, das war nicht geplant, das passiert einfach so, beim Nachvornbeugen.

»Wir haben es ja gar nicht getan«, versicherte er.

Das war eine offensichtliche Lüge, eine der unzähligen. Gott bewahre: Es mag einige (seltene) Fälle geben, in denen der Betrüger tatsächlich nicht den ganzen Fick vollzieht, sondern nur einen Fick minus Epsilon ($F-\varepsilon$), wobei Epsilon eine beliebig kleine Zahl ist, umso kleiner, je flittchenhafter Mafalda. Dennoch war dies hier nicht der Fall, da die fragliche Mafalda, eine gemeinsame Freundin, bekannterweise ein Dreihundertsechzig-Grad-Flittchen war.

»Du bist die größte Enttäuschung meines Lebens«, sagte ich im Gehen.

Angesichts dieses großen Finales mag er sich sehr wichtig vorgekommen sein, aber wie üblich konnte ich mal wieder nicht umhin, zu sagen, was ich denke.

How to dump a Partner
Wie man sich seines/r Freundes/in entledigt

Möglichkeit Nr. 1:
»Ich bin noch nicht bereit für eine feste Beziehung.«
(Übersetzung: Ich will herumvögeln.)

Möglichkeit Nr. 2:
»Ich sehe dich mehr als eine Freundin.«
(Übersetzung: Ich will herumvögeln.)

Möglichkeit Nr. 3:
»Ich weiß nicht, was ich will.«
(Übersetzung: Ich will herumvögeln.)

Möglichkeit Nr. 4:
»Unsere Beziehung ist doch längst am Ende.«
(Übersetzung: Ich denke schon länger darüber nach, mal wieder ein bisschen herumzuvögeln.)

Möglichkeit Nr. 5:
»Ich habe mich in Mafalda verliebt: Wir haben es getan.«
(Übersetzung: Ich habe gevögelt.)

Möglichkeit Nr. 6:
»Wir wollen nicht das Gleiche.«
(Übersetzung: Ich will eigentlich nur vögeln.)

Möglichkeit Nr. 7:
»Du hast dich so verändert.«
(Übersetzung: Früher wolltest du mehr vögeln.)

Kleine Phallologie

Möglicherweise ist euch bereits aufgefallen, dass meine bis dato gesammelte *Expertise* im Umgang mit Männern und ihren Appendizes recht ansehnlich ist, weshalb ich mir diesbezüglich einen kleinen Exkurs erlaube. Für jeden kommt irgendwann im Leben der Punkt, an dem alles klar wird, zusammenpasst, sich in eine höhere Ordnung fügt, einen *kósmos*, und sich vor deinem Blick wie von Zauberhand die Taxonomie des universellen Genitals erhebt.

Dieses Kapitelchen handelt vom Schwanz und seinen verschiedenen Formen. Eine kurze Vorbemerkung zur lexikalischen Erhellung: Ich habe mir natürlich die Frage gestellt, ob ich das Ding beim Namen nennen soll, also Schwanz, oder ob ich, da es sich an dieser Stelle zumindest vorgeblich um Literatur handelt, das Lemma durch einen züchtigen Paravent verbrämen soll. Zur Lösung des Problems bin ich wissenschaftlich vorgegangen: Ich habe einen unverkennbaren Schwanz gezeichnet (zwei Kreise, verbunden durch ein kopfstehendes U) und ein wenig herumgefragt: »Was ist das?« Die mehrheitliche Antwort lautete: »Ein Schwanz«, während eine zu vernachlässigende Minderheit sich etwas in den Bart grummelte oder lachte. Dann also Schwanz. Ihr habt es so gewollt, ich wasche meine Hände in der sogenannten.

Der Mythos Schwanz ist so alt wie die Welt. Alle tun so, als hinge Leben und Tod davon ab, dabei handelt es sich in Wirklichkeit nur um ein Accessoire wie jedes andere. Es ist ungefähr so, als würde man gedanklich ständig um Regenschirme kreisen. Ich meine, du kannst vielleicht einen Tag lang stolz auf deinen neuen Regenschirm sein, aber du kannst dich nicht dein gesamtes Leben gedanklich damit auseinandersetzen – bei aller Liebe. Außerdem, so wie man sehr gut ohne Regenschirm leben kann, kann man auch ohne Schwanz leben, aber das sagt natürlich keiner, weil sonst das ganze Kartenhaus mitsamt der darauf ruhenden Galaxie einstürzen würde.

Was ich auch nicht kapiere, ist, warum die ganze Zeit immer nur von Schwänzen die Rede ist, nie von Muschis. Dabei gibt es so viele Muschis, schön und mannigfaltig. Es gibt mollige und dünne. Verschlossene und offenherzige. Es gibt nach außen gewandte, nach innen gewandte und rückwärts gewandte. Nicht zu vergessen die Frisur: Es gibt glatt rasierte und welche wie Jimi Hendrix und dazwischen tausenderlei Varianten. Nichts. Keinerlei Bestandsaufnahme. Für euch Männer täte es genauso gut ein Dichtungsring.

Zu gerne würde ich über Muschis reden und so meinen Frust loswerden, aber das fällt nicht in meinen Kompetenzbereich. Reden wir also von Schwänzen, wie immer.

Die Angebotspalette beim männlichen Genital ist reich und breit gefächert. Tausend Geschichten kursieren darüber, wie es benutzt werden soll, immer geht es um das große Wie, und nie hat sich mal jemand die Mühe gemacht, eine Morphologie zu erstellen und die Frage des Was, des Wer, des Wieviel auszuloten. Meiner bescheidenen Meinung nach wäre das jedoch des Pudels Kern.

Hier also unsere Variante der Registerarie:

Der Standardschwanz *(Pimmulus vulgaris)*. Schon klar, ihr wollt wissen, wie viele Zentimeter, also will ich nicht lang drumherumreden: sechzehn. In Ruhestellung schnurrt er auf die Hälfte zusammen, das hat seine Richtigkeit. Die Phallologie ist nämlich alles andere als eine exakte Wissenschaft, viel eher ist sie eine frustrierende Wissenschaft, also würde ich jetzt lieber nicht mit dem Lineal ins Bad rennen.

Einen normalen *Pimmulus* zu erforschen ist eine entspannte Sache, quasi meditativ. Man kann nichts falsch machen, es ist wie auf den Dollar zu setzen. Du lässt deine Gedanken glücklich und unbeschwert schweifen, während deine Hände die vertrauten, ja lieben Kurven nachfahren. So wie es eingeschworene Pizza-Margherita-Fans gibt, denen niemals in den Sinn käme, eine Pizza Peperoni zu bestellen, so gibt es Fans vom Standardschwanz, denen niemals ein anderer Schwanz ins Allerheiligste kommt.

Der beschnittene Schwanz. Zu Unrecht verfolgt, ist der beschnittene Schwanz in Wahrheit ein edles Geschöpf, laizistisch und rein. Wie ich lerne, ist er sogar hygienischer als die anderen Schwänze. Und im Gegensatz zu den anderen Schwänzen, die sich in null Komma nichts wieder einigeln und eine verdrießliche Miene aufsetzen, zeigt sich jener auch in Ruhestellung zugewandt und freundlich lächelnd. Das Geilste an ihm ist aber, dass er weniger sensibel ist und daher doppelt so lange kann wie dein Otto-Normalverbraucher. Die einzige Frage aber, die ich mir stelle, ist, was aus den ganzen Vorhäuten wird. Wahrscheinlich wandern sie wie gequälte Seelen ewig klagend umher und teilen damit in gewissem Sinne das Schicksal des ewigen Juden. Es gibt jedoch auch Leute, die behaupten, sie gingen als eine Art Solidaritätszuschlag an bedürftige Institutionen wie die katholische Kirche.

Die lange Bohnenstange. Mit keiner besonderen Persönlichkeit gesegnet und gerne mal traurig zugerichtet, ist der Lange-Bohnenstange-Schwanz dennoch ein ehrlicher und treuer Weggefährte, genau wie sein Besitzer, der sein Leben lang Basketball spielt, lustlos in einer Rockband schrammelt oder Plastikfiguren über ein Brettspiel schiebt: Als Jugendlicher in der Schule eher mau, saß er immer in der letzten Reihe, wo er zu seinem Leidwesen selbst im Sitzen noch hervorragte. In ähnlicher Weise bewahrt sich der Lange-Bohnenstange-Schwanz auch in Ruhestellung großteils sein Bohnenstangensein.

An dieser Stelle wäre eigentlich eine ins Vulgäre tendierende Parenthese erforderlich mit dem Titel »Erhebung vs. Einsturz«, doch dafür müsst ihr auf Band 2 nebst Musikkassette warten. Nur um Klartext zu reden, das sind die zwei Grundpfeiler allen Sexes, Erhebung und Einsturz, wie die aristotelische Philosophie und die platonische Philosophie, da braucht sich keiner in Schulen und Unterschulen des Denkens zu verlieren. Und sollte einmal … Na ja, ihr wisst schon, worauf ich hinauswill.

Der untersetzte Schwanz. Wir sind uns einig, eine Schönheit ist er nicht gerade. Aber er ist heiter und robust, oft auch gesegnet mit großem Einfallsreichtum. Außerdem hat er die Besonderheit eines minimal größeren Durchmessers im Vergleich zum Mittel. Außer er ist richtig kurz, kann er gut ein treuer Gefährte fürs Leben werden, zumal in der Regel ein Mann mit denkwürdiger Intelligenz an ihm dranhängt.

Der lange und breite Schwanz. Das ist wie das Kochen mit Sahne. Zu einfach, und man hat's schnell über. Ich rate ab. Aber mein Gott, wenn ihr einen solchen am Wickel habt, haltet ihn ruhig fest!

Der einfahrbare Schwanz. Äußerst elegant, wie die Scheinwerfer eines Coupés. Im wachen Zustand ist er flott und stattlich, im Einschlafen hingegen neigt er zum Verschwinden, *puff*, kaum noch daumengroß. Deshalb nennt man ihn auch gerne den »IKEA«-Schwanz (mit einem Handgriff zusammengefaltet). Klar, der entgegengesetzte Prozess ist nicht minder faszinierend. Zuzusehen, wie aus zwei Zentimetern ruckzuck zweiundzwanzig werden, macht selbst den trübsten Tag wieder heiter.

Der bunte Schwanz. Schwarz, während der übrige Körper komplett weiß ist. Weiß, während der übrige Körper komplett schwarz ist. Schwarz, während der übrige Körper komplett gelb ist. Eine Idee wäre, ihn als Werbefläche an Fußballsponsoren zu verscherbeln und sich damit dumm und dämlich zu verdienen. Aber da es sich bei seinem legitimen Eigentümer meist um Musiker, Möchtegernkünstler, Herumtreiber und Bohemiens handelt, die immun gegen die Wunder des Marketings sind, wird nichts draus. Dafür sind selbige Möchtegerns einfach umwerfende Liebhaber, sodass man ihnen praktisch alles verzeiht.

Und jetzt, okay, okay.

Jetzt kommen wir auch noch zu den vermaledeiten kleinen Schwänzen.

Der kleine Schwanz *(Pimmulus humilis)* ist eine sehr seltene Spezies aus der Welt der Kleintiere. Er nistet in Boxershorts, selten auch in Slips (in diesem Fall handelt es sich um den *Humilis masochisticus*). Scheu, labil und vegetarisch lebt er von kleinformatigen Algen, die sich eher versehentlich zu ihm verirren. Jedoch die Gebiete, in denen der kleine Schwanz siedelt, sind meist die gleichen, in denen *der richtig große Schwanz* regiert *(Pimmulus frappantus)*, denn beide Spezies sind bei Männern von kleiner Statur anzutreffen. Ideal wäre es natürlich, man wüsste bereits vorher, ob das fragliche Kerlchen über ein Exemplar der ersten oder der zweiten Kategorie verfügt. Nicht dass der *humilis* unbedingt zu verachten wäre, aber unwissentlich in eine Falle zu tappen ist immer schlecht. Denn während man sich mit den anderen Schwänzen mehr oder weniger schnell arrangiert, führt der Anblick eines kleinen Schwanzes zu einem gewissen Schock, der erst einmal verarbeitet sein will. Besser ist es, wenn man sich vorher eine Topografie erstellen kann, und sei es nur als grob geschätztes Längenmaß.

Wenn ihr euch zum Beispiel in einen Asiaten verknallt habt, könnt ihr das mit der Länge komplett vergessen. Das höchste der Gefühle ist hier der Standardschwanz. In diesem Fall rate ich euch, die Kondome vor Ort zu kaufen und nicht etwa in Europa, denn das europäische Kondom könnt ihr doppelt nehmen. Zweitens solltet ihr unbedingt auf seinen Sinn für Humor achten: Habt ihr es mit einem humorfreien Mann zu tun, sollten alle Alarmglocken schrillen: *miep-miep*. Ein untrügliches Zeichen für den *Pimmulus humilis*. Andererseits kann es, und das ist das Happy End, natürlich auch mit einem kleinen Schwanz wunderschön sein, ihr müsst nur aufpassen, dass ihr auch hinreichend zum Zuge kommt. Aus meinem Erfahrungsschatz kann ich sagen, dass das nüchtern nicht ganz einfach ist. Mein vielsagendstes Erlebnis diesbezüglich hieß Manu Chao, so genannt, weil er immer diese bunten Strickmützen trug und in gebeugter Haltung umherschlurfte, die Hände in den Hosentaschen vergraben. Sympathischer Kerl. Machte irgendwas mit Fotografie, Malerei, solche Sachen. Nach einem netten Abend torkelten wir nach Hause, wobei ich unter nettem Abend verstehe, dass von Anfang an klar war, worauf wir zusteuerten, und ich daher mit kleinem Taschengedeck ausgegangen war. Aneinandergeklammert standen wir schließlich lachend im Hauseingang, ich mit einer Rose im Mund, er mit hochgerecktem Kinn einen Tango summend, und gingen Wange an Wange die Auffahrt hinauf, die direkt zu meiner Wohnung führte.

Niemals hätte ich geahnt, dass hinter diesem feurigen Latinognom ein *Pimmulus humilis* stecken könnte. Meine Kleider flogen von dannen, *wuusch, wuusch,* ein Teil nach dem anderen, während er sich in lasziven Posen auf dem Sofa räkelte, mit rollenden Augen, die Finger ins Polster gekrallt, Beine gespreizt, alles perfekt, bis er seine Shorts auszog, und, *ups!*, sich sein amputiertes kleines Fingerchen zitternd in die Höhe reckte. Ich hielt mir eine Hand als

Schild an die Stirn und brach in Gelächter aus, wobei mir mein Schwips sekundierte. Sichtlich pikiert fragte er, ob etwas nicht passte. Nein, nein, alles gut, und ich röchelte irgendwas von »es sei wohl keine so gute Idee, mit einem Freund ins Bett zu gehen«. Vehement auf seinen aufgerichteten kleinen Finger weisend, gab er mir zu verstehen, dass ich wohl kaum gerade jetzt das Schiff verlassen könne. Mit beinahe geschwisterlicher Liebe kniete ich mich vor ihm nieder und beschloss, dem bedauerlichen Vorfall durch einen schnellen Blowjob ein Ende zu bereiten. Zwecklos. Nach zwei Sekunden hatte ich das Gefühl, ein Cocktailwürstchen im Mund zu haben, und ich wieherte erneut los wie eine Hyäne. Ich habe die beiden nie mehr wiedergesehen, weder ihn noch sein süßes Anhängsel, aber die Rose liegt immer noch irgendwo bei mir herum.

Pulsatilla at work

Pulsatillas Karriere beginnt in frühester Jugend: Als sie vierzehn Jahre alt ist und schon tief im Strudel des Konsums steckt, wird ihr klar, dass die Eltern ihre finanziellen Notwendigkeiten niemals würden befriedigen können, und sie beschließt, sich eine Einkommensquelle zu suchen. Man stellt sie an, um im »Last Butterfly« die Bruschette zuzubereiten, einem Foggianer Klub mit unheildräuendem Namen, der tatsächlich schon nach kurzer Zeit wieder dichtmachte. Bald darauf wird sie vom »Duncan« angeworben, wo sie irre Trinkgelder einstreicht. Nach dem vierten »Schon wieder achtzigtausend Lire Tipp«-Abend werden die Inhaber misstrauisch, ob unsere Heldin etwa illegalerweise Restgeld einbehält, und entlassen sie kurzerhand. Die dritte Anstellung findet sie in der Küche des »Kandinsky«, wo man dem jungen Mädchen die Fertigstellung der Panini anvertraut. Pulsatilla belegt sie mit mütterlicher Liebe und so dick, wie sie sie selbst gerne essen würde: Doch ihre Gewohnheit, eine Lage Schinken über die nächste zu türmen, bringt das Lokal an den Rand des finanziellen Ruins, und sie wird erneut gefeuert. Weitere Beschäftigungen im Foggianer Gastgewerbe folgen, alle genauso katastrophal, darunter ein Job in einem Lokal, das schließen muss, weil ein Gast im Kugelhagel stirbt.

Nach der Schwachsinnsepisode Herbalife bestätigt sich Pulsatillas Untauglichkeit in der Gastronomie endgültig in London: Da schuftet die dumme Kuh zwölf Stunden am Tag und kehrt abends in ein Elendsloch zurück, das an vorzivilisatorische Zustände denken lässt, die vor einigen Jahrhunderten Robert Owen dazu bewegten, die Arbeiterbewegung zu unterstützen. Ebenfalls in London entwickelt Pulsatilla eine Wodka-Redbull-Abhängigkeit, die sie bis zum Abitur begleiten wird.

In Mailand hingegen betätigt sie sich zunächst als Telefoninterviewerin in der Marktforschung, dann als Vertreterin, dann als Flugblattverteilerin, dann wieder als Kellnerin in einem Pub, wo sie sich als sexy Vampir verkleiden musste (und das in den Gabibbo-Jahren).

Mit zweiundzwanzig landete sie in einer Werbeagentur, die einzige und letzte Einkommensquelle.

Das erste Problem an Werbeleuten ist, dass sie ihren Job für den coolsten der Welt halten und sich selbst deswegen für so wichtig wie Ärzte ohne Grenzen. Das zweite Problem ist, dass sie derart in ihrer eigenen Welt leben, dass sie vergessen, was im Leben wirklich zählt, angefangen bei der Muttersprache bis hin zu Liebe, Freundschaft, Musik, Sport, Sex – für sie alles inexistent außer als Stichwortgeber für den nächsten Werbespot.

Der Werbemann lebt bevorzugt in Mailand, wo er ökonomische und soziale Anerkennung erfährt. (»Ihr Werbeleute legt die Menschen rein«, sagte mir hingegen ein Taxifahrer, als er mich nach meinem Umzug nach Rom vor der Agentur absetzte.) Sein Gesicht ist typischerweise studiogebräunt, er trägt offene Japanschlappen und schwarze Kunststoffbrille. Mit fünfundvierzig kleidet er sich immer noch wie ein Teenager (T-Shirt, Jeans und Turnschuhe) und denkt vor allem wie ein Teenager. Oder nein, sorry, er redet wie ein Teenager. Frau und Kinder hat er selten, denn die einzige Form von Treue, die er kennt, hält er seiner Playstation.

Ich war Texterin, das heißt diejenige, die so nette Slogans à la »Sie hat Schnupfen – sie hat Nasivin« schreiben darf oder »Der mit dem Blubb«. Wenn man Glück und Ansehen hat, wird einem auch die Entwicklung von Rundfunkwerbung und TV-Spots anvertraut. Dafür hatte ich drei Jahre lang studiert und fünfundvierzig Millionen Lire ausgegeben: Selbst der halbseidenste Finanzberater würde mich für verrückt erklären, da ich als Ergebnis jetzt das kann, was ich vorher auch schon konnte, nämlich Unsinn verzapfen, und das gut (den Beweis dafür haltet ihr in der Hand).

Leider arbeitet der Werbetexter nicht allein. Er muss den Babysitter spielen für den Artdirektor, der in der Regel halber Analphabet ist und mittelbekifft im kanarigelben T-Shirt durch die Agentur läuft. Er hat einen großartigen Sinn für Ästhetik und kann mit QuarkXPress umgehen wie ein junger Gott – schade nur, dass er *hir, jetz, Plastich, Tolette* und *recherchiren* schreibt; andererseits, hätte er jemals im Leben ein Buch gelesen, wäre er nicht Artdirektor geworden. Texter und AD teilen sich denselben Raum und sind wie ein altes Ehepaar: kleine Gemeinheiten, Eifersüchteleien und fliegende Teller inbegriffen. In der ersten Arbeitsphase, dem Brainstorming, überwinden die beiden ihre strukturellen Kontroversen, um mit vereinten Kräften verzweifelt nach einer originellen Idee zu suchen. Bekanntermaßen arbeitet der Texter mit Konzepten (»Also gut, lass uns die Cremigkeit des Schmelzkäses konterkarieren, indem wir zum Beispiel …«), während der AD seinen Visionen folgt (»Ich sehe einen Engel in der Mitte der Seite auf einer fliegenden Käseecke«). Damit soll nicht gesagt sein, dass der AD nur Unsinn verzapft, im Gegenteil, es kann sein, dass in seinem schöpferischen Ideenfluss hier und da Einfälle auftauchen, die wie durch ein Wunder ins Schwarze treffen. Der AD ist eine ausgeflippte Kanone, und die Aufgabe des Texters ist es, ihn zu positionieren und auszurichten sowie zu verhindern, dass er sich gegen dich wendet und Zivilisten, Krankenhäuser und Kindergärten in Schutt und Asche legt.

Abgesehen von solchen Kreativpaaren streift ein Heer von Leuten durch die Agentur, deren Sinn und Zweck keiner kennt, die aber zum Ausgleich stolze Gehälter einstreichen, nur dafür, dass sie dich bei der Arbeit behindern. Der prominenteste Vertreter dieser Spezies ist der Kontakter. Seine Rolle besteht darin, zum Kunden zu gehen und vor einer Phalanx von Nescafé-Cappuccinos zu fragen: »Welche Art von Werbekampagne hätten Sie denn gern?« Es folgt der Austausch der Visitenkarten. Danach kehrt er in die Agentur zurück und widmet sich seiner wahren Bestimmung: zu nerven. Er macht es sich in eurem Büro bequem und hält euch einen irren Zettel unter die Nase, auf dem die wichtigsten Punkte des Kundenmeetings im Briefing zusammengefasst sind. Zum Beispiel: Target ist der Mensch, die Mood ist freundlich, der Reason-why lautet Natron, Deadline ist der 15. März, und Mandatory ist ein Pay-off des Begriffs *whitening*. Das Briefing mag auf Anhieb sinnlos erscheinen, kann aber ein wertvoller Verbündeter werden, wenn man den Zettel zusammenrollt, mit Papierkügelchen lädt, die der AD vorher eingespeichelt hat, und damit den Kontakter aus dem Zimmer jagt. Aber bitte keine falschen Hoffnungen: Der Kontakter ist wie ein Bumerang, er kommt immer zurück und immer sehr bald und mit derselben Wucht, mit der ihr ihn verjagt habt.

An diesem Punkt legt die Agentur ihre gesamte Hoffnung auf euch, die »Genies der Stunde«, die ihr nun die Jahrtausendkampagne aushecken sollt, und einen halben Tag lang ist alles erlaubt: Bier im Büro, Drogen, Pornos, Tischtennis, sogar euren Penis dürft ihr auspacken. (Einmal, ich schwöre es, kam ich an einem Büro vorbei und sah durch die Glastür, wie ein Kollege seinen Schwanz auf der Tastatur drapierte, eine Orange ergriff, sie an seinen Eiern rieb und dann dem AD ins Gesicht warf. An sich schon eine erheiternde Szene, wurde sie noch erheiternder, als der AD sich hinkniete und die Orange mit den Worten aufhob: »Das ist doch mein Pausensnack.«)

Leider ist das Brainstorming von begrenzter Dauer, früher oder später endet die Fettlebe, und man muss mit Vorschlägen rüberkommen. Die Ströme von Alkohol sind natürlich völlig umsonst geflossen, der Weihrauch wurde vergeblich verbrannt, die aufblasbaren Fickpuppen haben nicht das kleinste bisschen Inspiration gebracht: Mit gesenktem Kopf und leeren Händen steht man vor dem Kreativdirektor.

Der Kreativdirektor ist der personifizierte Al Pacino: Zigarre zwischen den Zähnen und Füße auf dem Tisch. Sein Büro ist zollfreie Zone, er macht den ganzen Tag nur, was er will, denn er ist der Boss. Ihr müsst vorsichtig anklopfen: Denn ganz gewiss wollt ihr nicht in eine entscheidende Partie *Grand Theft Auto* hineinplatzen. Außerdem ist er sehr impulsiv, weshalb das, was in seinem Büro vor eurem Eintreten geschieht (eine Partie *Grand Theft* zum Beispiel), sein Urteil über eure Vorschläge ganz entscheidend beeinflussen wird. Wenn er beim Spiel gelost hat, was die Regel ist, dauert die Anhörung nur wenige Sekunden, gerade lang genug, um euer Paper in der Luft zu zerreißen und euch hinauszujagen. Wehmütig grummelnd verlasst ihr den Raum. Wenn er hingegen eine eurer Schwachsinnsideen für gut befindet, wird ein Spot daraus gemacht. Dann begebt ihr euch auf einen ganz besonders ätzenden Parcours, begonnen beim Pre-PPM (ausgesprochen Pri-Pi-Pi-Em).

Ein PPM ist ein Pre-Production-Meeting, das Pre-PPM ist folglich ein Pre-Pre-Production-Meeting. Schon anhand der Bezeichnung lässt sich seine völlige Sinnlosigkeit erahnen. Mit einfachen Worten, eine Handvoll Arschlöcher sitzt um einen Tisch herum und überlegt, wie sie einen Fernsehspot ruinieren können. Euren Fernsehspot. Es ist sehr interessant, der Demontage einer guten Idee beizuwohnen.

Unter den zahlreichen Pre-PPMs in Mailand ist mir eines in besonderer Erinnerung geblieben. Der erste Punkt auf der Tagesordnung war die Fläche, auf der man das Produkt präsentieren wollte. Jemand schlug vor, sie aus Holz zu gestalten. Ein anderer meinte, nein, Holz sieht billig aus, so IKEA-like. Also schlug jemand Marmor vor. Marmor ist aber wiederum zu retro. Dann eben braunes Glas, in dem das Produkt sich spiegeln kann. Brüniertes Glas heißt das, meinte ein weiterer. Brüniertes Glas ist aber ein bisschen dunkel, merkte der Producer an. Könnten wir nicht japanisches Holz nehmen, das ist voll schick?! Meinst du Peach

Wood?, fragte der Regisseur. Mein Blick sprang von einem Ende des Tisches zum anderen. Ich verstand kein Wort und war wie paralysiert.

Dann kam das Casting, dabei sollte entschieden werden, welcher Beau oder welche Beauté das Produkt in der Hand halten würde. Das Problem bestand weniger darin, einen geeigneten Kandidaten zu finden. Als man aber zur Frage kam: Was soll der männliche Komparse anziehen?, verdüsterten sich die Mienen sichtlich. Man hatte den Eindruck, jeden Augenblick käme Kofi Annan herein. Nicht zu viel *fashion*, stellte der Kreativdirektor gleich zu Beginn klar. Nein, auf keinen Fall zu viel *fashion*, bekräftigte der Producer, wir machen ja keine Modenschau. Einmütig schüttelten wir die Köpfe und versuchten, eine gewisse Verachtung gegenüber Modenschaumachern an den Tag zu legen. Wir tun so, als sei er auf dem Weg zu Arbeit!, meinte der Produktionsassistent. Allgemeines Nicken, die Augen verengten sich grübelnd zu Schlitzen. In einer solchen Situation kann man in jeder noch so kleinen Pupsidee den Ansatz für den ganz großen Wurf entdecken: sogar in einem »Tun wir so, als sei er auf dem Weg zur Arbeit!«. Mit einem Finger an der Nasenspitze fuhr der Kreativdirektor fort: Aber *casual* muss es sein. Nicht mit Anzug und Krawatte. Der Spot kommt im Sommer raus, wir sollten ihm was Frisches anziehen. Vielleicht Leinen. O ja, ja, alle sahen einander an, Leinen ist eine tolle Idee. Doch der Regisseur wirkte erstaunt: Ein Leinenanzug, ist das nicht ein bisschen zu sehr Onkel Dittmeyers? Ich würde eher eine Kombination vorschlagen. Und alle wieder am Nicken, langsam, wie eine Kamelherde: Eine Kombination, ja, eine Kombination wäre eine Idee.

Dann ging es weiter zum PPM und mit ihm in einen Saal mit Deckenfresken, deren künstliche Tiefenwirkung mehr als fragwürdig war (aber natürlich fragte niemand, notfalls war es eben einfach Ironie). Das PPM ist eine noch schlimmere Veranstaltung als das Vortreffen, wenn überhaupt möglich. Es besteht darin, dieselben Dummheiten noch einmal herunterzubeten mit dem Unterschied, dass nun auch der Kunde beteiligt ist, dessen Aufgabe es ist, Schwachsinnsfragen zu stellen wie: »Und wenn wir ein paar Geranien dazustellen?« Das Ganze ist eine große Arschkriecherei: Aber gewiss, Herr Kunde, Geranien sind eine gute Idee. Zum krönenden Abschluss kommt hüftschwingend eine junge Dame herein, die für die Accessoires zuständig ist und einen Berg Bikinis vor dem Kunden ablädt, damit er entscheiden kann, welche der zahlreichen Schnüre am geeignetsten sind für die Pobacken des Strandmädchens. Während der ganzen Besprechung habe ich mich nur einmal gemeldet, nämlich abends um neun: »Entschuldigt bitte, aber ich ginge jetzt mal nach Hause. Ihr wisst, wie das ist, es gibt noch ein anderes Leben, da draußen.«

Wenn dir die Vorstellung gefällt, in der Werbung zu arbeiten, kannst du deinen Traum wahr werden lassen. Denn im Gegensatz zu jedem anderen Beruf brauchst du keinen Abschluss, kannst ruhig ein Niemand sein. Du brauchst nur eine Mappe zu nehmen, Werbekampagnen darin zu sammeln und damit deine Runde von absolut beliebigen Vorstellungsgesprächen zu beginnen. Sollten es nicht deine Kampagnen sein, Schwamm drüber, das merkt eh keiner. Es gibt vier mögliche Abläufe für das Gespräch, je nachdem, auf welchen Typ Kreativdirektor du triffst.

Der Illusionist. Der Illusionist blättert aufmerksam deine Mappe durch und ergeht sich in Lobreden (»Oh!«, »Wie schön!«, »Wunderbar!«, »Du bist gut!«, »Also so was!«, »Sieh sich das einer an!«), dann klappt er sie zu und teilt dir mit, dass er zur Zeit keine Stellen zu vergeben hat.

Der Immobilienfreund. Wie der Illusionist, nur dass er dich, bevor er sagt, er wolle niemanden einstellen, durch die gesamte Agentur schleift, dir jeden Raum zeigt und dich sogar auf die Toiletten führt, um zu zeigen, wie schön sie ist.

Der Didakt. Das Bewerbungsgespräch mit dem Didakten bemisst sich nicht in Minuten, sondern in Stunden. Er zerlegt deine Werbekampagnen eine nach der anderen zu Kleinholz und zeigt dir, wie sie seiner Meinung nach sein müssten. Das ist der einfache Didakt. Der fortgeschrittene Didakt hält sich im Gegensatz zu dem einfachen Didakten gar nicht erst mit deiner Mappe auf, sondern nimmt gleich seine eigene zu Hand.

Das Urgestein. Er stand neben Jürgen Scholz, als der *Test the West* schrieb, er war dabei, als die Rama-Familie aus der Taufe gehoben wurde, und, aber das bleibt unter uns, er ist derjenige, auf den die Herren Jung von Matt auf Seite 136 ihres berühmten Werbebuchs anspielen. Die meisten Leute, die er erwähnt, sitzen nun entspannt zu Hause und spielen Hoppe-hoppe-Reiter mit ihren Enkeln, während er – eigenartig – immer noch in der Agentur ist. Alles in deiner Mappe erinnert ihn an etwas, das er bereits so oder besser in den Siebzigern gemacht hat. Das Schlimmste, was dir passieren kann, ist ein Urgestein mit den Zügen des Immobilienfreunds. Während er dir alles zeigt, seufzt er: »Ich erinnere mich gut an die Zeiten, als es hier noch keine Computer gab.«

Falls es dich interessiert, in Rom ist eine Stelle frei geworden: Ich habe vor Kurzem gekündigt, als ich eine E-Mail folgenden Inhalts bekam: »Konferenz agreed auf 16:30 Uhr.«

Fußball ist nicht mein Leben

Darf ich euch etwas anvertrauen? Ich interessiere mich nicht für Fußball. Andere interessieren sich nicht für Politik oder mögen keine Rockmusik. Ich halte mich vom Fußball fern, überhaupt von jeder Art von Mannschaftssport. Würde ich mich für Fußball interessieren, wäre ich exakt der Typ von Schlachtenbummler, der sich nach Maoriritus das Gesicht bemalt und den gegnerischen Fans abgebrochene Flaschenhälse entgegenreckt, um ihnen später die Heckscheiben ihrer Autos zu zertrümmern. Wegen meines angeborenen Hangs zum Kitsch würde ich die Autoablage mit bunten Maskottchen vollstellen, die zwischen Aufklebern mit wüsten Beschimpfungen der gegnerischen Vereine aus dem Rückfenster lugen. Die typischen Charakterzüge eines brutalen, kurzsichtigen und monomanischen Hooligans durchwehen auch so schon jeden Bereich meines Lebens, da fehlte mir gerade noch eine Ballleidenschaft. Nein danke, das überlasse ich lieber ausgeglicheneren Menschen.

Trotzdem bin ich felsenfest davon überzeugt, dass ich ein solches Interesse künstlich erzeugen könnte, wenn ich nur wollte. Man muss ja auch mindestens fünf oder sechs Mal japanisch gegessen haben, um Lust »auf japanisch« zu bekommen. Man muss mindestens ein Päckchen Zigaretten rauchen, um es sich anzugewöhnen und ein zweites zu kaufen. Wie bei allen sinnfreien Dingen braucht es zuerst ein wenig Übung. Nachdem ich mich an drei Nachmittagen hintereinander gezwungen hatte, eine TV-Soap zu schauen – da war ich sieben –, wurde das Anschalten am vierten Nachmittag quasi zum Zwang, und mit acht Jahren hätte ich meine Oma mit Mörsergranaten umgenietet, nur um keine Folge von *Marilena* zu verpassen.

Die Kontakte, die ich im Laufe meines Lebens mit dem Fußball hatte, lassen sich an einer Hand abzählen:

1989. Dreimal die Woche, wenn meine Mutter länger arbeiten musste, ging ich mittags mit meiner Freundin Mara nach Hause, und bei Mara wurde während des Mittagessens ferngesehen. Zwischen einer Folge *Beautiful* und einer Folge *Loving* flimmerten Werbespots von Kinderschokolade und Nutella über die Mattscheibe, vor allem ein besonders hirnrissiges Gewinnspiel mit Sammelpunkten, das als Zugpferd Stefano Tacconi hatte, den damaligen Keeper von Juventus Turin. Tacconi war der erste feuchte Traum meines Lebens, gleich nach Anthony, dem blonden Prinzen aus *Candy Candy*. (In einem häufigen Traum, den ich mit fünf Jahren hatte, fesselte mich der kleine Prinz Anthony an eine Bahre, trug mich hinaus ins Freie und zog mich vor allen Leuten aus. Das Aufregende an der Sache war natürlich, dass er *mich* dafür auswählte und nicht Candy.) Aber im Gegensatz zu Anthony war Tacconi ein Mensch aus Fleisch und Blut – unsere Liebesgeschichte war also, wie ich fand, durchaus im Bereich des Möglichen. Ich wurde bekennender Juve-Fan. Mein Glaube war natürlich ausschließlich kontemplativer Natur, von Sport treiben konnte keine Rede sein. Wäre Tacconi Steuerberater gewesen, ich wäre sofort zum Steuerfan konvertiert.

1990. Das Jahr der Weltmeisterschaft. Die Weltmeisterschaft zu ignorieren war einfach unmöglich: Das schreckliche grün-weiß-rote Maskottchen, das aussah wie aus einem missglückten Bausatz und auf den Schultern einen Ball statt eines Kopfes hatte, war allgegenwärtig, auch auf sämtlichen Spielsachen, man kam nicht drum herum und musste einfach mitmachen. Als Italien zum ersten Mal spielte, versammelte sich bei mir zu Hause eine fröhliche Runde von Freunden und Verwandten, die sich, ausgerüstet mit Pizza, Bier und Zigarettenschachteln, in Startposition begaben. Eine Welle Testosteron schwappte durchs Wohnzimmer. Alle saßen verbissen und wie festgewachsen auf ihren Stühlen, schrien, beugten sich nach vorn, rissen lästerlich fluchend die Arme in die Luft. Ich musste wegen des Rauchs husten und versuchte vergeblich, die Aufmerksamkeit der Erwachsenen auf mich zu lenken. Ich war ihnen total schnuppe. Beim nächsten Mal war ich schlauer. Um mir mein Quäntchen Aufmerksamkeit zu sichern, packte ich mein neues Paar Schuhe, irgendwelche schlichten Ballerinas, die wir just an diesem Tag gekauft hatten, und stellte sie auf den Fernseher: »Meine Schuhe bringen Italien Glück!«, verkündete ich. Italien gewann das Spiel. Bei der nächsten Partie baten mich natürlich alle, die Schuhe wieder auf dem Gerät zu postieren. Was ich auch tat. Und Italien gewann noch einmal.

So ging es weiter, ein Spiel nach dem anderen. Italien verschoss keinen Ball. Während im Wohnzimmer alle hysterisch nach meinen Ballerinas schrien, kam meine Mutter ins Zimmer getappt und flehte mich an, die Schuhe wieder auf das Fernsehgerät zu stellen. Im Wohnzimmer empfing mich ein einziges Grölen, lauter, als wenn Totò Schillaci den Rasen betrat. Italien erreichte das Halbfinale, und im Viertel ging das Gerücht, das sei allein meinen Schuhen zu verdanken. Schade, dass am Abend des Entscheidungsspiels mein Onkel, ob aus Anspannung oder aus Dummheit, zu sagen wagte: »Kommt schon, Schluss mit diesem Quatsch, die Schuhe von dem Kind haben nichts damit zu tun.« Unumkehrbar eingeschnappt nahm ich die Schuhe vom Fernseher und verschwand schweigend in meinem Zimmer. Meine Mutter konnte so viel verhandeln, wie sie wollte, diesen Hornochsen würde ich meine Ballerinas nicht mehr zur Verfügung stellen. Völlig entrüstet verbrachte ich den Abend zusammen mit einem schlecht gemachten Fernsehfilm namens *Black Beauty*, der mich nicht im Geringsten interessierte. Jeder wird sich daran erinnern, dass Italien im Halbfinale ausschied. Liebe italienische Freunde und Freundinnen, nun wisst ihr, wem ihr den dritten Platz bei der WM 1990 zu verdanken habt. Gegen ein geringes, rein symbolisches Entgelt liefere ich gerne Vor- und Nachnamen meines Onkels.

1991. Die peinlichsten Events dieses Jahres – der Ausbruch des Golfkriegs, die Festsetzung Gorbatschows, der dritte Platz in San Remo für Marco Masini mit *Perché lo fai* – gingen an den Einwohnern Foggias komplett vorbei. Sie kannten nur ein Thema: Foggia war in die Serie A aufgestiegen. Dass Foggia sich nun mit den Erstligisten AC Mailand, AS Rom und Inter maß, war ebenso wundersam wie die Stigmata von Pater Pio, ein weiterer lokaler Stolz, dem die Bevölkerung ungefähr die gleiche Ehrfurcht entgegenbrachte wie Trainer Zeman – vielleicht auch etwas weniger. Keine Eisdiele, keine Kurzwarenhandlung, kein Beerdigungsinstitut, kein Metzger, kein Bartscherer oder Wucherer, der nicht auf der Theke ein Poster der Mannschaft liegen hatte, auf dem der Kopf von Nationalspieler Beppe Signori oft und gerne mit einem roten Filzstiftherzen eingekreist war. Auf den Wänden stand nicht mehr »Sabrina, ich liebe dich«, »Vasco, du bist der Größte« oder »Das werdet ihr teuer bezahlen«. Dort stand ganz allein der eine Schriftzug: FOGGIA. Manchmal auch: FOGGIA SERIE A. Ganz selten das nüchternere: SERIE A. Dass Foggia nun in der Serie A spielte, erzählten sich mittlerweile schon die Toten auf dem Friedhof, und doch schien es jahrelang keinen anderen Gesprächsstoff zu geben, jeden Morgen wunderte man sich erneut darüber und freute sich wie am ersten Tag. Die Stadiongesänge, Improvisationen zu Lambadamusik, zu Bob Marley, zu *Rigoletto*, verfolgten mich bis in meine Träume: »Beppe, Beppe-Signori-Alè, Yo yo yo, Ciccio Baiano schieß für uns, Igor-Igor Shalimov«. Die tristeste Erinnerung habe ich zu der Melodie von *When Johnny Comes Marching Home*: »Wie Wikinger als die Herren auf See, hurra-hurra, / so herrschen wir Foggianer in den Stad-ien, / unser Name ist wahr, und er macht uns stark, / unsre Farben der Macht, sie sind rot und schwarz …« Genau wie bei einem totalitären Regime, man kam einfach nicht raus. Die Diktatur fiel 1995, als Foggia Gott sei Dank wieder in die Serie B abstieg.

1996. Ich war vierzehn Jahre alt und hatte mich Hals über Kopf in den Schülervertreter verliebt: ein typischer Fall von Teenagerliebe für einen Mitschüler aus einer höheren Klasse. Meine Mission war es nun, seinen gesamten Freundeskreis zu löchern, um möglichst viel über ihn herauszubekommen, und in wenigen Monaten hatte ich genug Informationen und Details seiner Biografie zusammen, um eine ebenso umfassende wie sinnfreie Monografie zu schreiben. Da man mir gesagt hatte, er sei ein eingefleischter Juve-Fan, wollte ich mich aus Liebe zu ihm über die Mannschaft auf dem Laufenden halten: Ich lernte die Aufstellung und die Trikotnummern auswendig, jeden Sonntag schaltete ich die nachmittägliche Sportsendung ein, verfolgte die Einzelheiten jedes Tors, wusste, wie Del Pieros Mutter mit Vornamen heißt, kannte Peruzzis Geburtsdatum und überprüfte neurotisch die Tabellenpunkte. Die ganze Mühe stellte sich als vergeblich heraus, als mich eines Abends eine Klassenkameradin anrief und fragte: »Willst du ihn dir schnappeln?« (Im lokalen Idiom bedeutete *acciafare*, *schnappeln* so viel wie »sich ranmachen«. Eine *Acciaffata* bezeichnete alles Eindeutige, was man noch mit Kleidern am Leib tun konnte.)

»Ja!«, erwiderte ich.

»Gut. Ich habe gehört, dass er sich auch dich schnappeln will. Hast du Lust, morgen Abend auszugehen?«

»Ja!«

»Okay, dann sage ich ihm, dass ihr euch um sieben auf der Piazza trefft.«

»Ja!« Ich war überwältigt und schweißgebadet. In der Zeitung ging ich noch einmal alle Neuigkeiten über das Spiel durch. Es wurde der katastrophalste Abend meines Lebens. Wir redeten kein Wort, schon gar nicht über Fußball. Nach ein paar Floskeln wurde ich auf den Kofferraum eines Alfa Romeo gedrückt und ohne jede Eleganz geentert: Dort wurde mir endgültig klar, dass Fußball mich einen Scheiß interessiert, mich schon immer einen Scheiß interessiert hatte und für immer und ewig einen Scheiß interessieren würde.

Diese Gewissheit festigte sich bei der nächsten Weltmeisterschaft, von der ich nicht einmal mehr weiß, wo sie stattfand. Um mich aber nicht komplett dem Planeten der Männer zu entfremden, legte ich bei der WM 2006 in Deutschland die Vasallenweste der Bierträgerin an und brachte wieder … na, angesichts des Ausgangs könnt ihr euch selbst denken, *was* ich wieder zum Einsatz brachte – und diesmal bis zum letzten Elfmeter!

Samstag, 18. März 2006

Die wenngleich vage Hoffnung, dass da draußen jemand ist, der mich liebt (gestern habe ich einen echten Liebesbrief von einem Unbekannten per E-Mail erhalten), gibt mir die Kraft, aufzustehen und mich mit einer Orange, dem Honigglas, Reiswaffeln und Zigaretten bis zum Computer zu schleppen. Ansonsten würde ich im Bett bleiben und es sorgfältig vermeiden, den Tag zu beginnen.

Um den Verlauf des gestrigen Abends zu erzählen, bräuchte ich eigentlich nur zwei Wörter: *Shit happens*. Ich nehme nur selten eine Einladung zum Ausgehen an, die Enttäuschung lauert doch hinter jeder Ecke, und ich habe einfach zu viel zu tun, um mich mit Frustverwaltung aufzuhalten, weswegen ich auch keinen Fernseher habe. Diesem Typen jedoch war es vor ein paar Tagen gelungen, frag mich nicht, wie, den Schutzwall zu durchbrechen beziehungsweise das Panzerheer oder den Riegel – wie der gute alte Peppe sagen würde – aus schmollenden Schwammerln. (Er sagte immer, ich hätte so hübsche Champignonlippen. Er hat mich wirklich geliebt!) Der Typ war mir bei einem Punkkonzert in die Arme gepurzelt, nachdem ihn eine Ansammlung blasser Amerikanerinnen unwillentlich in meine Richtung geschubst hatte. Ich sah diese Kugel Mensch auf mich zurollen, hätte noch ausweichen können, fing ihn aber aus irgendeinem Grund mit meinen Armen auf. Zwei Stunden später umhalsten wir uns wie wild vor meiner Wohnung, er sagte: »Ich lasse dich nie mehr los.« Nach einer Pause sah er mich an und wiederholte: »Ich lasse dich nie mehr los.« Mit so was kann man bei mir Eindruck schinden. Was soll ich sagen, ich falle eben immer noch drauf rein.

Also habe ich mir den Freitag freigenommen, das heißt alle Verabredungen abgesagt, und den Tag damit verbracht, die Wohnung auf Hochglanz zu bringen, mit einer kurzen Unterbrechung, um runterzuspringen und nutzloses Zeug zu kaufen (darunter eine völlig überflüssige Keksdose) und nach Hause zu tragen, so nach Schwalbenart, die ihre Zweiglein im Schnabel nach Hause schleppen, um (sprechen wir's ruhig aus) das Liebesnest zu bauen. Um halb zehn klingelt es unten, ich eile hinab, ganz in Grün gekleidet und in einen dezenten Bergamotteduft gehüllt. Der verlegene Begrüßungskuss war die Präambel für alles Folgende. Im Gehen frage ich ihn mit ironischem Unterton, ob er so freundlich sein könnte, mir wieder den Arm um die Schultern zu legen wie am Abend vorher. Er erwidert: »Ja, später.« Was ist das denn für eine Antwort, später? Kann man später lieben? Und in der Tat landete der Arm den ganzen Abend nicht auf meinen Schultern, und heute würde ich sagen, dass wir die Auszeit längst überschritten hatten.

Wir wollten irgendwo einen Wein trinken und etwas essen gehen, zumindest hatte ich das per SMS vorgeschlagen. Stattdessen irrten wir zu Fuß durch das Viertel, zwischen schrägen Neonhinweisen auf Pizza und Kebab, keine Initiative seinerseits außer dem festen Vorsatz, nicht zu viel auszugeben. (»Ich hasse es, Geld fürs Essengehen auszugeben, wo ich doch eine Wohnung habe.«) Der Umstand, dass er nicht gerade ein Riese war, hatte mich dazu bewegt, die flachen Schuhe anzuziehen, in weiser Voraussicht: Mit Hacken hätte ich mich auf die Vortreppen der nächsten Kirche geworfen, um gelähmt von der Demütigung nie wieder aufzustehen. So hingegen wanderte ich tapfer einher. Wir stellten uns dann bei einem Pizzaverkauf an, offenherzig zeigte ich der Verkäuferin, welche Pizza ich wollte (die mit Champignons und Bresaola, ruhig ein großes Stück, vielen Dank), während er zwei große Peroni aus dem Kühlschrank nahm (Wein wird zu Bier, das Wunder soll ihm erst mal einer nachmachen!). Die Rechnung haben wir brüderlich geteilt, bis auf die letzten zwanzig Cent. Dann gingen wir zu mir nach Hause, wo die Keksdose einer Küchenrolle und zwei Plastiktischsets weichen musste.

Es klingelt. Freunde aus Mailand, die mir einen Überraschungsbesuch machen: *ta-daa!* Da ich meinem Begleiter keinen komplizenhaften Blick zuwerfen kann, wende ich die Augen gen Himmel und zu Gott (dessen Inexistenz hiermit ihren letzten Beweis gefunden hat). Ich begrüße meine Freunde, lasse sie Platz nehmen, biete ihnen etwas zu trinken an. (»Wollt ihr, äh … ein Bier?«) Wenig empathisch halten sich meine Freunde (die ich im Übrigen sehr, sehr schätze) über eine Stunde auf. Mein Begleiter spielt den Geistreichen. Aus Freundschaft zu mir tun sie es ihm gleich. Ich sitze stumm auf dem Sofa, eingerollt wie ein Regenwurm in Ruhestellung.

Als die Gäste weg sind, kommt es zu dem wohl romantischsten Schlagabtausch der gesamten Filmgeschichte.

Drehbuchautoren von der RAI, alle bereit zum Mitschreiben:

»Was meinst du, fanden deine Freunden mich gut?«

(Warum willst du das wissen? Frag dich lieber, ob ich dich gut fand: nein!)

»Aber ja doch. Die sind nicht so anspruchsvoll, weißt du.«

Pause.

»Im Übrigen ist mir scheißegal, was meine Freunde über mein Privatleben denken.«

»Ja, mir auch.«

Eisiges Schweigen.

Genau an diesem Punkt hätte ich ihn auffordern sollen, seinen Kram zu packen und sich zum Teufel zu scheren. Ich habe es nicht getan. Ich bin einfach zu gutmütig. John Lennon hätte gesagt: *You're a loser.*

Und mein gesamtes Losertum muss derart greifbar in der Luft gelegen haben, dass mein (wie soll ich ihn an diesem Punkt des Abends nennen: Gast?) sich autorisiert fühlte, meine Hand zu nehmen, mich ins Schlafzimmer zu führen und mit gefakter Leidenschaft auf die Matratze zu werfen.

Ein Mann, der darauf drängen muss, mich ins Bett zu kriegen, ist nicht mein Mann. Das weiß ich. Als ich ihm das klarmachte, natürlich mit etwas anderen Worten, kam er mir mit Laizismus, mit Hedonismus und mit Was-ist-denn-schon-dabei-Ismus. Wie sollte ich ihm nur erklären, dass der Punkt vielmehr der war, dass ich ein ganzes Leben vor mir habe, *all the time in the world*, und in meinen Augen der Schwanz nur ein Mikro ist, um »ich liebe dich« zu brüllen (hey, das habe ich gerade selbst erfunden). In solchen Fällen gibt es zwei Möglichkeiten: Entweder fickst du mit einem, der nichts kapiert hat von dem Menschen, der da unter ihm liegt, und das bringe ich einfach nicht. Oder du spielst die Unschuld vom Lande, der die Nonnen beigebracht haben, dass Sex ohne Liebe nicht okay ist. Ich entschied mich für Letzteres. Mit einer gewissen Bitterkeit band ich mein Schürzlein wieder zu und sagte Nein. Echt nicht. Ich hatte einfach keine Lust. Ich glaube sogar, es ist mir gelungen, zwei kunstrote Heidibäckchen herbeizureden. Natürlich versuchte er hartnäckig, mich umzustimmen, und bestätigte damit den Gedanken, der eigentlich gar keine Bestätigung brauchte, nämlich dass er kein bisschen anders war als die Horde von Blödmännern, an die ich bisher geraten war.

Als er endlich kapierte (und das hat gedauert), dass bei mir nichts zu holen war, nicht einmal ansatzweise, hat er mich wie ein Sonderkorrespondent von *Frau aktuell* mit Fragen zugeschüttet: Wie viele Lover ich schon hatte? Mit wie vielen Jahren ich angefangen habe? Wie alt ich jetzt sei?

»Was interessierst du dich denn so für die Zahl?«, habe ich ihn gefragt.

»Bin eben Naturwissenschaftler.«

Stimmt. Ich weiß nicht, was schlimmer war: meine Erfahrungen mit Künstlern oder meine Erfahrungen mit Naturwissenschaftlern. Ich glaube, die mit Naturwissenschaftlern mit künstlerischen Ambitionen, deren Prototyp er, genau betrachtet, verkörperte.

»Vierzig?«

»Weniger.«

Ich drehte ihm den Rücken zu, den Schmollpilz Richtung Wand.

»Dreißig?«

»Viel weniger.«

»Sag schon, wie viele?«

Die Zahl. Was für ein schreckliches Konzept. Was glaubt ihr, warum ich der Homöopathie vertraue? Warum ich gegen Monatsende kein Geld mehr habe? Ich hasse Zahlen. Als Kind hasste ich Hefte mit Rechenkästchen. In der ersten Klasse bekam ich Masern und musste einen Monat zu Hause bleiben. Die Geschichte tische ich immer auf, wenn ich erklären muss, warum ich das Päckchenrechnen nicht beherrsche.

Ich habe mich umgedreht und ihn angesehen: »Mir ist vollkommen wurscht, ob du zwei Stunden lang einen Steifen haben kannst. Mich interessiert, ob du ehrlich bist. Sei ehrlich: Das ist dir scheißegal.«

In Wirklichkeit hatte an manchen Stellen seines Tuns die Ehrlichkeit aufgeblitzt. Er war ehrlich gewesen, als er meine Kurven streichelte und sagte: »Wunderschön.« Und er war nicht ehrlich gewesen, als er mich mit den Worten »Alles meins« an sich presste und das dann mit der Hartnäckigkeit eines Weltenschöpfers wiederholte, als könnte dieses Mantra einer greifbaren Form von Realität zum Leben verhelfen (»Nam Myoho Renge Kyo«):

»Du hast recht, das ist mir scheißegal.«

Lächelnd beugte ich mich über ihn, küsste ihn und löste alle Knöpfe, die mir unter die Finger kamen.

Danksagung

Danke an:

Manfredi Maria Giffone, meinen geduldigen Kollegen.
Alessandro Carusi, meinen geduldigen Redakteur.
Chiara Mammì, meine geduldige Schulter.
Elisa Passacantilli, meine geduldige Schulter Nr. 2.
Silvia D'Ovidio, meine geduldige Mitbewohnerin.
Alessio Tortorella, meinen geduldigen Freund.
Piero Lo Faro, meinen geduldigen Ex.
Enrico Ciccarelli, meinen geduldigen Rudelführer.
Meine Mutter, meine geduldige Mutter.
Meinen Vater, meinen Geduldeten.

Bitte beachten Sie auch
die folgenden Seiten

Lena Gorelik

Lieber Mischa

. . . der Du fast Schlomo Adolf Grinblum Glück geheißen hättest,
es tut mir so leid, dass ich Dir das nicht ersparen konnte: Du bist ein Jude . . .

185 Seiten, gebunden mit Schutzumschlag, € 18,–

ISBN 978-3-86220-012-2

Lena Gorelik gehört der neuen Generation junger Juden in Deutschland an, die sich über ihre Zukunft, nicht über ihre Vergangenheit definieren wollen. Dazu passt perfekt, dass sie gerade Mutter geworden ist. Jetzt erklärt sie ihrem Sohn, was ihn im Leben erwartet – und wie er allem Unvorhersehbaren mit Witz und Chuzpe begegnen kann.

»Lena Gorelik beweist, dass junge deutsche Literatur sowohl Leichtigkeit als auch Tiefe besitzen kann.« *Süddeutsche Zeitung*

G

GRAF

www.graf-verlag.de

Amor Towles

Eine Frage der Höflichkeit

Roman

Aus dem Amerikanischen von Susanne Höbel

415 Seiten, gebunden mit Schutzumschlag, € 19,99

ISBN 978-3-86220-010-8

Ein elegantes modernes Märchen, ein spritziger Gesellschaftsroman à la F. Scott Fitzgerald. Es ist die charmante Geschichte einer versäumten Liebe und zugleich ein stimmungsvolles Porträt des New York der späten Dreißigerjahre.

Neujahr 1937: Die Freundinnen Kate und Eve – zwei Provinzschönheiten, die die Welt erobern wollen – gabeln in einer Jazzkneipe den charmanten Tinker Grey auf. Er trägt Kaschmir und scheint Single zu sein – ein Sechser im Lotto. Eine turbulente Freundschaft à trois beginnt …

GRAF

www.graf-verlag.de

Antonio Skármeta
Mein Vater aus Paris
Roman
Aus dem Spanischen von Stefanie Gerhold
96 Seiten, gebunden mit Schutzumschlag, € 14,99
ISBN 978-3-86220-013-9

Dorflehrer Jacques verzehrt sich nach der schönen jungen Teresa. Als er sich ihr nähert, holt ihn das Geheimnis seines französischen Vaters ein …
Mit klaren, sinnlichen Sätzen erzählt Antonio Skármeta eine Geschichte von Liebe, Sehnsucht und südamerikanischer Melancholie.

»Skármeta ist ein Alchemist der Sprache auf der Suche nach absoluter Einfachheit.« *La Vanguardia*

GRAF
www.graf-verlag.de

Erri De Luca

Der Tag vor dem Glück

Roman

Aus dem Italienischen von Annette Kopetzki

173 Seiten, gebunden mit Schutzumschlag, € 16,95

ISBN 978-3-86220-006-1

Mit der klaren, bildreichen Sprache des Südens erzählt Erri De Luca die Geschichte eines Waisenjungen, der im Schatten des Vesuvs erwachsen wird. Es ist zugleich eine Liebeserklärung an seine Stadt Neapel: an ihre morbide Schönheit und an ihre freiheitsliebenden, stolzen Bewohner.

»Eine ganz wunderbare, einzigartige Sprache … einfach, reduziert, sehr genau, flirrend schön, überraschend und weise.« *Denis Scheck, ARD druckfrisch*

»Ein einfaches, großes Buch.«
Gustav Seibt, Süddeutsche Zeitung

GRAF

www.graf-verlag.de

David Levithan

Das Wörterbuch der Liebenden

Roman

Aus dem Englischen von Andreas Steinhöfel

212 Seiten, gebunden mit Schutzumschlag, € 18,–

ISBN 978-3-86220-004-7

autonomy, *n.* Autonomie, *f.*

»Ich möchte, dass meine Bücher ihre eigenen Regale kriegen«, sagtest du, und da wusste ich, dass es okay sein würde, zusammenzuziehen.

Von *A* wie *atemberaubend* bis Z wie *Zenit* – was liegt näher, als die Liebe enzyklopädisch zu erzählen? Diese poetische Manhattan-Love-Story in ungewöhnlicher, verspielter Lexikonform ist ein Herzensbuch für jeden, der verliebt ist oder sich verlieben möchte.

»Ein grandioses Buch!« *Christine Westermann, WDR2*

GRAF

www.graf-verlag.de

gofeminin.de
Und jetzt ab ins Netz!
Entdecken Sie gofeminin.de – das führende Online-Portal für Frauen
I ♥
Alles, was Frauen lieben
Unterhalten und Austauschen – große Community mit Foren, Blogs und Chats
Spielen und Entdecken – Games, Selbsttests und Styling-Tools
Lesen und Stöbern – alles rund um die Themen Beauty, Mode, Partnerschaft und Schwangerschaft
Die Zukunft ist weiblich
www.gofeminin.de